KB193345

우리들의 특별한 날들

: 당신의 사연을 그려드립니다

펴낸날 | 2023년 6월 1일 초판 1쇄

각색 · 그림 | 박태욱
펴낸이 | 이태권

책임편집 | 오민규, 윤주영
북디자인 | 오민규, 고현정
펴낸곳 | 소담출판사
　　　　서울특별시 성북구 성북로5길 12 소담빌딩 301호 (우)02880
　　　　전화 | 02-745-8566　팩스 | 02-747-3238
　　　　등록번호 | 1979년 11월 14일 제2-42호
　　　　e-mail | sodambooks@naver.com
　　　　홈페이지 | www.dreamsodam.co.kr

ISBN　　　979-11-6027-307-6 (03810)

우리들의 특별한 날들

각색 · 그림 박태욱

차례

일러두기

일부 채팅은 한글 맞춤법을 따르지 않고 실제 입말 그대로 기재했습니다.

우리들의 특별한 날들

이제 여러분들의 이야기가 시작됩니다.

때는 바야흐로 20년 전…, 2000년 1월.
저는 막 중학교 졸업을 앞둔 예비 고1이었어요.

그때는 한창 천X안, 나X누리, 유X텔 등이
전국의 청소년들을 채팅의 세계로
빠지게 했던 때였죠.

저 또한 채팅의 신세계에 발을 들였고,
제가 진학할 고등학교의 커뮤니티를 발견하여
가입을 했어요.

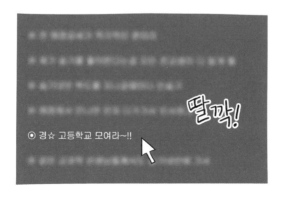

학교에 입학하기 전, 미리 친구를
사귀고 싶은 마음에 가입자들을 보던 중
'한슬기'라는 예쁜 이름을 발견했어요.

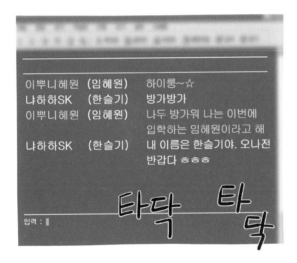

슬기라는 친구와 말도 잘 통하고 재미있어서
사이버상으로 금세 친구가 되었답니다.

시간이 흘러 학교생활에 적응하기 바쁜 3월
너무나도 잘 통하는 슬기와 실제로도 만나
절친이 되고 싶었던 저는 슬기에게 몇 반이냐고
채팅으로 물어봤죠.

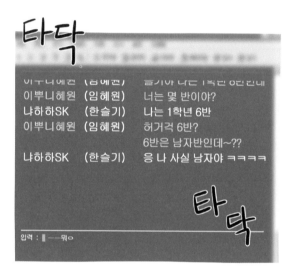

이쁘니혜원	(임혜원)	슬기야 나는 1학년 8반인데
이쁘니혜원	(임혜원)	너는 몇 반이야?
냐하하SK	(한슬기)	나는 1학년 6반
이쁘니혜원	(임혜원)	허거걱 6반?
		6반은 남자반인데~??
냐하하SK	(한슬기)	응 나 사실 남자야 ㅋㅋㅋㅋ

입력 : ▌─뭐ㅇ

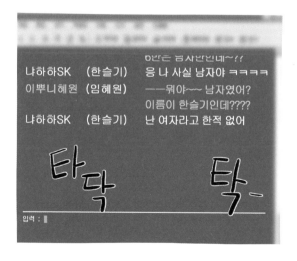

		6반은 남자반인데~??
냐하하SK	(한슬기)	응 나 사실 남자야 ㅋㅋㅋㅋ
이쁘니혜원	(임혜원)	─뭐야~~ 남자였어?
		이름이 한슬기인데????
냐하하SK	(한슬기)	난 여자라고 한적 없어

입력 : ▌

이름만 보고 당연히 여자라고 생각했던
슬기가 남자였다니….
저는 슬기가 누구일지 궁금해지기 시작했어요.

다음 날, 저는 슬기와 같은 초·중학교를 나온
친구들을 찾아다니며 '한슬기'에 대해
조사하고 다니기 시작했죠.

그리고 전교생이 운동장에 모인 조회 시간.
저는 드디어 슬기가 누구인지
얼굴을 보게 되었어요.

솔직히 그때 조금 실망했어요. 채팅할 때,
슬기가 말도 위트 있게 잘하고 대화도 잘 통하는
재미있는 친구였고, 전화 통화할 때도 목소리가
좋아서 전 당연히 엄청 잘생겼을 줄 알았거든요.
(이놈의 외모 지상주의….)

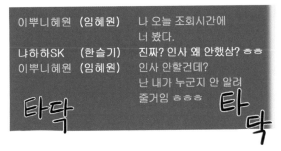

그날 저녁, 매일처럼 PC 통신에 접속하여
슬기와 채팅을 시작했어요. 조회 시간에
너를 봤다. 난 내가 누군지 안 알려 줄 거라고 놀렸죠.
사실 저도 외모에 자신이 없었던지라
굳이 실망시키고 싶지 않았거든요….

…그렇게 몇 달을 저의 정체를 숨긴 채
학교에서 수련회를 떠나게 됩니다.

단체 활동을 한 후 자유 시간.
숙소 테라스에서 놀고 있는데, 위층에서
한슬기~ 어쩌고 하는 소리가 들리는 거예요.

갑자기 어디서 용기가 났는지, 저도 모르게
위층에 대고 "한슬기!!"라고 불러 버린 거 있죠.

위층 남자 반 친구들은 "여자가 한슬기를 부른다!!"라며
난리가 났고, 슬기보고 빨리 나와 보라며 소란이 났죠.

그렇게 슬기와 처음 눈이 마주쳤습니다.

몇 시간 후, 전체 활동을 위해 모두 모였는데,
슬기가 자꾸 저를 힐끔힐끔 쳐다보며
친구들하고 수군거리며 웃더라고요?

기분이 나빴어요…. 제가 슬기 외모에
실망했던 것처럼 슬기가 제 외모에 대해
비웃고 있다고 생각하니 속상했거든요.

그렇게 수련회가 끝나고 집으로 온 저녁.
PC 통신에 접속하니 슬기도 접속해 있었어요.
전 서운해서 말도 안 걸고 있었는데 슬기가 먼저
말을 걸며 너무 반가웠다고, 너 이쁘다고,
이제 우리 인사 잘하고 다니자며
제가 했던 걱정들을 싹 날려 준 거 있죠?

그 후부터였을까요? 저는 슬기와 매일매일
시간 가는 줄 모르며 채팅을 했고,
슬기를 좋아하기 시작했어요.

제가 슬기를 좋아하고 나서 알고 보니
외모답지 않게 나름 인기가 좀 있더라고요?

경쟁자가 2명이나 있었죠. 그중 한 명은
슬기가 좋아하고 있는 첫사랑이라고….

누군가 사랑을 하면 용기가 생긴다고 했던가요?
저는 슬기를 좋아한다는 걸 모든 전교생이
다 알 정도로 떠들고 다녔어요.
슬기네 반 복도를 지나갈 때마다
"한슬기 좋아해!"라며 외치고,
매점에서 만나면 다가가서 인사하고….

국어 선생님이셨던 저희 담임 선생님께
슬기를 좋아한다고 적은 시를 전달해 달라고
부탁드리기까지 했죠.

하지만 제가 좋아하는 티를 팍팍 냈음에도 슬기는 좋아하는 친구가 있었기에
저의 마음을 받아 주진 않았어요. 그렇게 찾아온 12월….
슬기가 먼저 저에게 크리스마스 때 뭐 하냐고 같이 영화 보자고
데이트 신청을 하더라고요!

드디어 크리스마스. 영화관 가는 버스 하나 남은 자리에 제가 앉게 되었고,
두근거리는 마음으로 슬기를 몰래몰래 쳐다보는데,
슬기 콧구멍에 엄청난 왕 코딱지가….
근데 제가 콩깍지가 제대로 씌었는지 그 코딱지도 세상에,
너무 귀여워 보인 거 있죠? (지금 생각해 보면 미쳤다고 생각해요-!)

그렇게 데이트를 마치고 저는…
슬기에게 사귀자는 고백을 받았답니다!
저의 끝없는 애정공세에 넘어온 거죠!

그 후, 이별과 만남을 반복하다가
2013년 저희는 결혼에 골인했습니다!
저희의 결혼 소식은 동창생들에게
이슈가 되었고, 결혼식은…
학교 동창회가 되었답니다!

에
피
소
드
끝

저희의 만남은 카타르라는 나라에서였어요.
저는 카타르 항공사의 승무원이었습니다.

독일 프랑크푸르트행 비행이 잡혔는데,
독일에 머무는 짧은 비행이고 몸도 별로 안 좋아서
병가를 낼까 하다가…
그냥 가서 맥주나 한잔 마시자는 마음으로
비행기에 오르기로 했죠.

후….
그래도 가야지.

비행기에서 승객 맞을 준비를 하는 시간.
기장들이 비행기 안으로 들어오고 있었어요.

그 당시 부기장이었던 그 사람이 걸어오는데,
정말 TV 드라마처럼 슬로모션으로
걸어오는 듯한 느낌이 드는 거예요!

원래 저희 회사는 반듯하게 유니폼을 입어야 하는데,
양팔을 걷어 올리고 손목에는 팔찌가 있고….
아, 뭔가 살짝 날라리(?) 같으면서도
제 눈에 쏙 들어온 거 있죠?

살짝 눈인사를 하고 다시 승객을 맞이할
준비를 하는데…, 가기 싫었던 비행이
갑자기 설레어졌어요.

그렇게 프랑크푸르트행 비행기는 출발했고,
비행 중간 부기장이 승무원들이 일하는
비즈니스 갤리로 오더니 넉살 좋게
이런저런 얘기를 하더라고요.

I like 삼겹살 It is better than steak.
OH~ 소주! Soju is also great!!
(나 삼겹살 좋아해! 스테이크보다 맛있어!
오~ 소주도 짱이야!)

아… 여자를 많이 꼬셔 본 놈이구나.
하, 됐다. 마음 접자.

그렇게 프랑크푸르트에 밤늦게 도착하고,

승무원 네 명, 기장, 부기장 이렇게 모여서
호텔 근처 레스토랑에서 저녁을 먹게 되었어요.

그때 부기장과 이런저런 얘기를 나눴는데
생각보다 괜찮은 사람 같았고,
저랑 말이 잘 통하더라고요.

무엇보다 주위 사람들과
서슴없이 위트 있게 말하는
밝은 모습이 좋아 보였어요.

다들 방으로 가서 잠을 청하고 다음 날.
이른 아침 비행으로 다시 카타르로 돌아가는 일정이라
아침도 못 먹고 공항으로 갔는데,

비행기가 지연돼서 1시간 정도
공항 터미널에서 대기하게 되었어요.

그때 저 멀리서 혼자 커피를 들고 걸어오는 부기장.

저는 장난치고 싶어 내 커피는 어딨냐 물었는데,

Where is my coffee?
(내 커피는?)

Oh, Black or latte?
(블랙? 아님 라떼?)

Cappuccino.
(카푸치노.)

OK.

'오케이' 그러면서 사라지더니….

몇 분 뒤 카푸치노와 빵 봉투를
저한테 내미는 거예요.

동료 승무원들은 저희 둘을 이상하게 쳐다봤죠….

봉투를 열어보니 초코 크루아상 달랑 2개.
그 많은 승무원들이 어떻게 나눠 먹으란 건지….

나중에 물어보니 그냥 아무 말이나
던지고 간 거였대요. 부끄러워서.

그렇게 비행기는 카타르 도하에 다시 도착하고,
승무원 숙소로 이동하기 위해 버스에 오르기 직전.

부기장이 저에게 오더니
수고했다면서 악수를 청하는 거예요.

악수를 했더니 제 손안에 작은 쪽지가…!

그때부터 왜 이렇게 심장이 뛰던지…
콩닥거리는 마음으로 버스에 올라타고,

창밖을 바라보니 나란히 걷고 있는 부기장.

손을 흔들었더니 저한테 윙크를….
느끼하고 유치하다고 생각하겠지만 저는,
그 순간 또 그 모습이 슬로모션으로 보였답니다.

저희의 만남은 그렇게 시작했습니다.
우여곡절 끝에 5년 연애 후 부기장은 제 남편이 되었고,
지금은 돌 지난 아들과 알콩달콩 잘 살고 있답니다!

에피소드 끝

동생의 권유로 주말마다 집 근처
도자기 공방에 다녀 보기로 했습니다.

별생각 없이 찾아간 도자기 공방에서….

제 이상형을 만나게 될 줄은 몰랐죠.

난생처음 동생에게 고마웠습니다.

그렇게 설레는 마음으로 주말마다
수업을 받으러 갔습니다.

배시시...

저의 이상형이었던 선생님은
항상 친절했고 참 다정다감했습니다.
수업을 듣다 보니 점점 호감이 생겼고,
어느 순간 제가 선생님을 좋아하고 있다는 걸
알게 되었습니다.

시간이 흐르고…,
이제 조금은 선생님과 친해졌다 생각이 들던 무렵.
그동안 궁금했지만 용기가 없어
물어보지 못했던 질문을 했습니다.

여자 친구…. 있겠지? 한 번 떠볼까?

선생님은 주말에 데이트해야 되는데
이렇게 수업 있으면,
여자 친구분이 싫어하시겠어요.

여자 친구가 없다는 말만 들었을 뿐인데,
묘하게 기분이 좋았습니다.

어느 날은 '코일링 기법'이라는 걸
배우게 되었는데,

● 손으로 점토를 길고 둥글게 만들어 포개고 합쳐서 조형하는 도예 기법.

설명은 들어오지도 않고
가슴만 콩닥거렸죠.

그렇게 몇 달이 지나고, 항상 그래 왔듯
주말 수업만 기다리고 있었는데,
갑자기 메시지가 하나 날아왔습니다.

마지막 인사도 제대로 못하고 선생님과
더 이상 만나지 못할 수 있다는 생각에
용기를 내어 답장을 보냈습니다.

언제나 친절했던 선생님은 그러자며
답장을 해 줬지만….

그 이후로는 어떤 연락도 없었습니다.

그렇게 약 한 달 뒤… 메시지가 왔습니다!

드디어 둘만의 만남을 가지게 되었고
오랜만에 봤는데도 어색함 없이
대화가 잘 풀렸어요.

이때 저는 선생님이 나를 좋아하지 않는구나…
확신했습니다. 그냥 수강생에 대한 예의로
밥 먹자고 한 거였구나…, 하고요.

나중에 물어보니 자기도 제 마음을 한 번
떠본 거라고 하더라고요.

시원하게
맥주 한잔할까요?

아무튼 그때 소개팅은 괜찮다고 거절을 하고
밥만 먹고 집에 가려고 했어요.
그런데 선생님이 자기 단골집이 있다며
괜찮으면 맥주 한잔하자고 하더라고요.

아이고 이게 누구야~
왜 이렇게 오랜만에 왔어?

안녕하세요.

전 당연히 아니라는 대답을 할 줄 알았는데,

그 순간 심장이 미친 듯이 뛰었고,
얼굴이 너무 빨개져서 터지는 줄 알았어요.

그날부터 저희의 썸이 시작되었고,
선생에서 남자 친구로,
지금은 남자 친구에서 남편이 되어
잘 살고 있답니다.

꽤 긴 시간 저는 솔로로 지내고 있었어요.
약 4년 정도…?

스쳐 지나가던 사람들은 있었지만
연애로 발전하지는 못했죠.

저는 이른 나이 도전한 사업의 실패로
'지금은 열심히 일할 때다'
'연애는 사치다'라고 생각했었고,
가족 간의 문제나 이런저런 일들로
힘든 시간을 보내고 있었거든요.

그렇게 '연애 안 해! 결혼 안 해!'를 외치며
살던 어느 날, 초등학교 동창 남사친과
술자리를 가지게 되었는데.

거기서 그 사람을 처음 만나게 되었어요.

이현아. 내 친구가 근처에 있다는데
잠깐 불러도 괜찮아?

그래~ 난 상관없어.

술자리에 와서 얼마 지나지 않아 조는 그 사람,
저도 크게 관심이 가지는 않았죠.

아이고, 저 사람도 이 자리가
얼마나 재미없으면 저렇게 졸까….

시간이 흐르고 술자리가 마무리되려 할 때쯤.

그 사람은 초면에 예의 없는 모습을 보여서
죄송하다며 대리운전을 대신 불러 주었고,
대리 기사가 그 사람에게 연락을 하는 바람에
어쩌다 그 사람과 연락처를 주고받게 되었죠.

그렇게 그날부터 그 사람과의 연락이
시작되었어요.

연락을 나누다 보니 그 사람과 말이
참 잘 통한다는 생각이 들었어요.
연락의 횟수도 잦아졌죠.

하지만 저는 저의 처지도 있고,
연애를 시작할 용기도 없었기에
처음부터 친한 친구로 지내자고 선을 그었어요.

헤어지는 것보다 그냥 평생 볼 수 있는
친구 사이가 되고 싶었거든요.

우리 말이 너무 잘 통하는 거
같아 ㅎㅎㅎ 승원이 덕분에
좋은 친구가 생겨서 너무 좋다.

오후 8:12

친구처럼 지내다 보니 자연스럽게
서로의 SNS도 팔로우 하게 되었는데

그 사람은 제가 생각한 것보다
더 착한 사람 같았어요.

그리고 매일 하루도 쉬지 않고
아침부터 밤까지 일하는,
자기 일에 열정이 넘치는 사람이었어요.
직업은 가방을 만들어서 파는 사람이었죠.

그러던 어느 날,
그 사람이 만드는 가방을 하나 사고 싶어서
그 사람을 찾아갔어요.

그러다 우연히 그 사람의 귀를 보게 되었는데,
귀가 조금 이상하더라고요.
그래서 조심스럽게 물었더니….

바보같이 웃는 거예요.

아니, 왜 자기 몸을 챙기지 않고 일을 해?!!
바보야?

순간 저도 모르게 화를 내버렸어요.

나 왜 화를 내고 있지?
내가 이 사람을 좋아하나…?

**그렇게 친구라는 이름으로 지내던 어느 날,
그 사람이 저를 좋아하는 것 같다고 말했어요.**

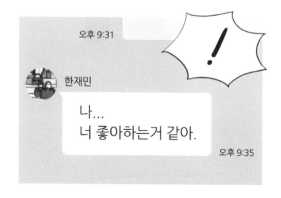

오후 9:31

한재민

나…
너 좋아하는거 같아.

오후 9:35

하지만 저는 복잡한 마음에 그 사람과의 연락을
잠시 중단하고 말았어요.
자신이 없었고, 좋은 친구를
잃을 것만 같은 느낌이에요.

연락을 안 한 채 일주일이라는 시간이 흐르고…

정말 우연히 길에서 그 사람과 마주치게 되었어요.

전 아무렇지 않은 척 말을 걸었는데,
그 사람은 저에게 조금 화가 나 보였죠.

잘… 지냈어?

왜 연락 안 했어.
싫더라도 그냥 연락하면서 지낼 수 있잖아.

미안해…. 나도 잘 모르겠어.
나도 좋은데… 자신이 없어.
사귀다 헤어지면…
다시는 못 보면 어떡해….

왜 그런 걱정부터 해?
서두르지 않을게.
지금처럼 더 지내보자.

다시 그 사람과 연락을 하게 되었고,
종종 만나 밥을 먹거나 영화를 보곤 했어요.
그렇게 친구도 아닌, 연인도 아닌 사이를
유지하던 어느 날,

콱!

교통사고가 났어요.
뒤에서 누가 제 차를 '콱!' 박았죠.
갑작스러운 사고에 너무 놀라고
당황스러운 그 순간 가장 먼저 생각나는 게…

괜찮아?

내가
금방 갈게.

그 사람이더라고요.

전화를 받고 사고 현장에 도착한 그 사람은
저를 본인 차에 태우고 사고 차량 견인과
보험사에 연락해 모든 사고 처리를 해 주었어요.

그러고 나서는 편의점에서
따뜻한 음료를 하나 사 왔어요.

저와 그 사람은 그렇게 연애를 시작했고,
지금은 부부가 되어 알콩달콩 잘 살고 있답니다.

그 애와의 첫 만남은
제 동생의 졸업식 때였어요.
동생과 동생 친구의 성화에 못 이겨
동생 친구 오빠와 연락처를 주고받게 되었죠.

언니 빨리 애네 오빠랑 연락처 주고받아.

그래~ 울 오빠랑 너네 언니랑
친하게 지내면 좋겠다.

스치듯 헤어진 그날 이후 우리는
어색한 연락을 주고받았고, 동갑이라는 이유로
자연스럽게 친구를 하기로 했어요.

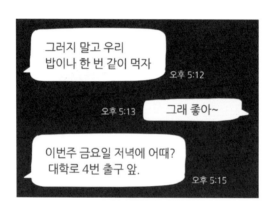

그러지 말고 우리
밥이나 한 번 같이 먹자
오후 5:12

오후 5:13   그래 좋아~

이번주 금요일 저녁에 어때?
대학로 4번 출구 앞.
오후 5:15

누가 봐도 체대생인게 티가 나게
과 잠바와 커다란 운동 가방을 메고 나타난 그….

순간 전 첫눈에 반해 버렸답니다.
친구가 아니라 애인이 되고 싶었어요.

듬직한 체구에 말수는 없었지만
환하게 웃는 미소가 좋았고, 술, 담배는 물론
욕도 하지 않는 바른 모습의 그 애가 좋았어요.

그때부터 저는 영화 같이 보자,
어디에 같이 가자 하며 자주 연락을 했고,

가끔씩 거절을 당할 때면
그 애는 나한테 마음이 없나 보다,
혼자 실망하며 밤잠을 설치기도 했죠.

그렇게 시간이 꽤 흐른 어느 날,
그 애가 저를 종로로 나올 수 있냐며 불렀어요.
나가 보니 친구들과 같이 있는 자리였는데
조금 취했더라고요.

머리가 어지러웠어요.
난 아직 고백도 못 했는데….

군대에 간다니, 저도 모르게 마시지도 못하는
소주를 연거푸 다섯 잔이나 마셨습니다.

다섯 잔을 마시니 술이 확 올라오면서
저도 모르게 용기가 나더라고요.

그 순간…

네, 토했습니다.
태어나서 소주 다섯 잔을 마신 게
그날 처음이어서
토하고, 또 토했어요….

마음이 아픈 게 아니었습니다.
너무 창피했어요.

이제는 정말 끝이다 싶어서
괜찮냐고 오는 문자에 답도 안 하고,
내가 다 망쳤다는 후회와 창피함에
정말 죽고 싶었습니다.

그 애가 입대한다고 한 날짜는 다가오고….

그래도 뭐라도 챙겨 주고 싶어
창피함을 무릅쓰고 잠깐 만나자고 불러냈어요.

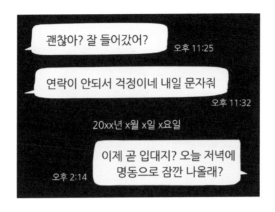

별다른 말없이 고맙다는 그 아이….

와 얘는 끝까지 나한테 정말
아무 생각이 없었구나 싶어
눈물이 막 나오는 걸 참고 집에 왔어요.

그렇게 그 애와 연락이 끊긴 채
꽤 시간이 흐르고….

야야~ 점심 뭐 먹을까?

그냥 학식 가자.

저도 학교생활하느라 바쁘게 지내고 있었는데,
모르는 번호로 전화가 오더라고요.

뭐지??

여보세요?

여보세요.

수화기 너머로 들리는 목소리에
심장이 쿵 내려앉았어요.

다 잊었다 생각했는데, 보고 싶더라고요.

미소야 잘 지냈어?
나 휴가 나왔는데,
잠깐 만나 줄 수 있어?

그리고 자주 만나던 우리 동네 앞으로
그 아이가 찾아왔습니다.

**저 멀리서 짧은 머리로 걸어오는 그 아이.
그 모습이 또 멋있는 거예요. 속도 없지….**

반가워.

반가워….

그동안 잘 지냈어?

응 잘 지냈지. 학교 수업 듣고, 과제하고,
바쁘게 지냈어. 너는? 군대 생활 힘들지?

군대? 어휴, 나도 나름 체대 출신이라
가서 잘할 줄 알았는데, 훈련소 딱 들어가니까
바보가 되더라. 훈련소 끝나고 최전방으로
자대 배치받았거든? 거기서….

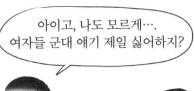

밥도 먹고 차도 마시고
그동안의 근황을 묻다 보니 어느덧 밤이 되었어요.
금세 어제 만난 사이처럼 편해졌죠.

내 여자 친구 해 줄래?

그렇게 우리는 연인이 되었고,
10년을 한결같이 저를 데려다준 그 아이와 결혼했습니다.
그 아이… 지금은 거실에서 애 둘이랑 티격태격하고 있네요!

에피소드 끝

때는 대학교 새내기 때.

저는 저의 전공 개론 수업을 들어야 했죠.
하필이면 그 수업이 타과생에게도
인기가 너무 많아서
여러 학과에서 똑똑한 학생들이란 학생들은
다 몰려왔어요.

그중에서도 가장 똑똑해 보이던 사람은
항상 맨 뒷자리에 앉아 맥북을 펼치고
수업 내내 뭔가 열심히 작업을 하다가

수업 말미가 되면 항상 교수님의 흥미를 끌 만한
어려운 질문을 하는 사람이었습니다.

학교에 입학한 지 얼마 안 돼 열정에 불타던 저는
저희 학과 학생도 아닌 그 사람에게
괜히 경쟁심과 질투심이 붙었죠.

그 수업은 전공 학생들에게도 힘들기로 유명했고,
과제도 참 많았어요.
그중 팀 발표 과제가 있었습니다.

그런데 다른 팀 발표자 중
그 똑똑해 보이는 사람이 있는 거예요.

저도 저희 팀의 발표자였기 때문에
하필 맨 앞줄 자리에 앉아서 그 사람의 발표를
듣게 되었는데… 정말 잘하더군요.

'어디 얼마나 잘하는지 한번 보자' 하고
발표를 듣던 제 마음에 어느새 그 사람을
동경하는 마음까지 들 정도였으니까요.

저는 그날로 그 사람과 친구가 되고 싶었고
바로 SNS로 친구 요청을 보냈습니다.

그 사람은 저의 친구 요청을 받아 주었지만,
그 후 특별한 연락은 없더군요.
…그렇게 어려웠던 그 수업은 기말을 향해 달려가고….

졸린 눈 비벼 가며 열심히
시험공부를 하고 있는데
그 사람에게 갑자기 연락이 왔습니다.

 시험 공부 잘하고 계세요?

…이 수업 너무 어려워요…

괜히 측은한 마음이 들어
응원의 메시지를 보내 주었죠.

그렇게 기말고사를 잘 끝내고,
학교에서 특별 초청 강연이 있었습니다.

평소에 관심이 있던 주제라 강연장을 찾았는데…

거기에 그 사람도 있는 겁니다.

강연이 시작되고,
이상하게 두근거리는 마음에
강연 내용은 하나도 들리지 않았죠.

강연은 생각보다 늦게 끝났고,
밖은 벌써 어둑어둑해졌습니다.
저희 학교는 산에 있어서
버스를 타고 산을 내려가야 했습니다.

그날따라 버스는 더 덜컹거리고,
제 몸도 흔들흔들거리는데….

버스 사건(?) 이후 그 사람과
조금은 가까워졌어요.
이후 계절 학기가 시작되었고,

우리는 수업 시간이 겹쳐서
항상 점심을 같이 먹었습니다.

우리는 참 잘 통했고,
서로 애칭까지 만들어 부르는
사이가 되었죠.

그 사람에 대한 호감도 점점 커졌습니다.

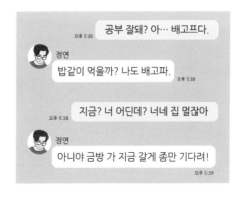

어느 날은 그 사람이 1시간 거리에 있는
제 집 앞까지 와서 같이 밥을 먹기도 했습니다.

저는 우리가 무슨 사이인가 고민했죠.

그렇게 계절 학기가 끝나가는 어느 날….
저는 고민을 그만하고 고백을 하기로
마음먹었습니다.

저녁 8시쯤 그 사람에게 전화를 걸었습니다.

그렇게 그 사람은 제 남자 친구가 되었고,
지금은 제 남편이 되었네요. 그리고 나중에 알게 된 사실!
남편은 저희를 이어 준 그 전공 수업을 그 당시 정말
취소하고 싶었는데, 학교 프린터가 고장 나서
수강 취소원을 인쇄하지 못하는 바람에
마지못해 다닌 거라고….
그러고 보면 정말 운명이란 게 있나 봅니다.

에피소드 끝

2011년 가을.
저는 튀르키예[●] 이스탄불에 교환 학생으로
처음 오게 되었습니다.

● 당시 국명은 터키였기 때문이 대사는 터키로 지칭합니다.

튀르키예가 너무 마음에 들었던 저는
대학교 4학년 과정까지 모두 마친 후
터를 잡기 위해 계속 남아 일을 하고 있었습니다.

그러던 중 2014년.
잠시 볼일이 있어 한국에 다녀오게 되었고,
다시 이스탄불로 향하는 비행기에서
옆자리에 앉은 한 남자분과
대화를 나누게 되었습니다.

어휴, 저희 12시간이나 가야 하네요.
이스탄불 여행 가시는 거예요?

아, 아니요.
저는 지금 이스탄불에서 살고 있어요.

오, 정말요? 저는 이번에
출장 가는 건데 처음 가 보는 거라
좀 겁나기도 하고….

제가 도착하는 날 저녁에 몇몇 분들과
식사 자리가 있는데,
이스탄불에 아는 곳이 없어서요….

그 출장자분은 저에게 좋은 식당을
소개해 달라며 함께 가자고 부탁을 하셨고,
딱히 도착 후 다른 일정이 없었던 저는
함께하기로 했습니다.

도착 후, 그분의 호텔 체크인을 도와드리고…

**이스탄불의 '탁심 광장'이라는 곳에서
식사 약속이 되어 있는 분들이 모이게 되었는데…,**

그때 그 사람을 처음 만나게 되었습니다.

첫인상이 그동안 만났던 그 누구와도 뭔가 다른,
그런 느낌이었습니다.

오랜만이에요. 잘 지냈어요?
어떻게 또 제가 터키로 출장을 올 때
딱 터키로 온다고….

그러니까요! 큰맘 먹고 유럽 여행 중인데,
스페인으로 가기 전에 환승하는 겸 터키도
일정에 넣었거든요. 궁금하기도 했고.

그랬구나. 너무 잘했네….
아, 이쪽은 상훈 씨라고 비행기에서 만났는데
체크인도 도와주시고, 같이 갈 식당도
소개해 주시고, 너무 감사한 분이에요.

안녕하세요. 박상훈이라고 합니다.

안녕하세요. 김보라입니다.
여기 이스탄불에서 지내시나 봐요?

네, 몇 년 전에 공부하러 왔다가
이곳이 좋아서 졸업 후 계속
여기서 살고 있어요.

와 정말요? 혼자 계시는 거예요? 대단하다.
타지에서 너무 고생이 많으시겠다….

가끔 힘들 때도 있는데, 그래도 너무 매력적인
곳이어서요. 많이 배우고 잘 지내고 있어요.
유럽 여행은 뭐…, 일정은 어떻게 잡으셨어요?
보통 터키는 잘 안 들르시던데….

네. 메인 일정은 스페인, 포르투갈
그리고 영국이에요. 터키도 평소에 궁금했고,
또 마침 여기 선배님이 터키로 오신다고 하길래
겸사겸사 이렇게 되었어요. 터키에서는 삼 일
있다가 스페인 가는 비행기를 타야 해요.

아, 그러셨군요.

만난 지 얼마 되지 않았지만,
정말 그 출장자분의 말대로 대화도 참 잘 통했고,
순식간에 가까워지는 느낌이었습니다.

그렇게 다음 날도 다 같이 모여 함께 저녁을 먹었고,
그 사람은 내일이면 미리 예약해 둔 터키 전국 투어를
끝으로 터키를 떠난다고 했습니다.

타지에서 혼자 지내신다는 게
자꾸 마음에 걸려서…
떠나기 전에 반찬이라도
좀 해 드리고 가도 될까요?

집에 있는 재료로 하다 보니
이것밖에 못해 드리네요. 미안해요.

무슨 말씀이세요.
다 제가 너무 좋아하는 반찬이에요.
정말 감사해요… 정말.

**아쉬움을 남겨 둔 채…
그 사람은 스페인으로 떠났습니다.**

그렇게 시간이 흐르고 어느 날…
하늘의 뜻이었는지 갑자기
그 사람에게 연락이 왔습니다!

포르투갈 여행을 마치고
영국으로 가야 하는 상황에서
포르투갈 항공사가 파업을 하는 바람에
영국으로 향할 수가 없다고…

항공 여정 변경 기회가 생겨
다시 튀르키예로 갈 수 있게 되었다고….

그렇게 재회한 저희는 함께
튀르키예 페티예로 여행을 떠났고,

장거리 연애는 이루어지기 어렵다고 생각한 저는
한 달 뒤 바로 청혼을 했습니다.

지금 당신을 놓치면 안 될 것 같아요.

그리고 그 사람은 청혼을 받아 주었습니다.
단순히 여행을 왔다가 모든 걸 정리하고
저에게 와 준 그 사람….

저희는 예쁜 아들 하나와
튀르키예에서 행복하게 잘 살고 있습니다.

에
피
소
드

끝

간호 대학교를 졸업하고 민간 병원에서
간호사를 하던 중 능동적이고,
스스로를 지킬 수 있는 사람이 되고 싶어서
여군에 지원하게 되었습니다.

저는 군사 훈련을 무사히 마친 후
소위로 임관했고, 간호 장교였기 때문에
4주간의 병과 훈련을 앞두고 있었죠.

그때 지휘 통제실 안에서 당직 사령을 하고 있던
대위님을 처음 만나게 되었습니다.

예! 보… 보고드릴 게 있어서 왔습니다.

관등 성명하고 용건만 짧게 하고 가라는데
처음 느껴본 남군의 카리스마에
기가 눌려 무서웠습니다.
네…. 그분의 첫인상은
까칠하고 무서웠습니다.

아… 저분은 병과 교육 교관님으로
안 만났으면 좋겠다….

하지만 역시나 이런 생각을 하면
꼭 만나게 된다고 했던가요….
병과 훈련 시험을 앞두고 반에서 반장을 맡았던 저는
시험에 필요한 준비 사항을 준비하기 위해
시험 감독 교관님을 찾았는데…

그 까칠하고 무서웠던 대위님이
시험 감독 교관님으로 계셨습니다.

시험을 위해 이것저것 준비해 달라고
말하는데, 소위 말해 잔뜩 쫄아 있던
제 귀에는 하나도 들어오지 않았고,
역시나 시험날 교구 준비하는 데
실수를 하고 말았습니다.

그날 일과를 마치고 저는
바로 연락을 드렸습니다.

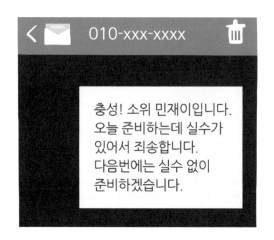

그런데…

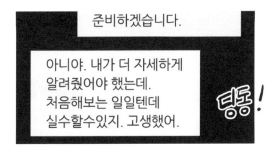

돌아온 답장은 의외로 너무나도 따뜻했습니다.
그리고 그날 이후… 이상하게 그 대위님이
신경 쓰이기 시작했습니다.

그렇게 싫었던 시험 보는 날이
기다려지기 시작했습니다.

문제를 다 풀고 나면 엎드리지 않고,
혼자 몰래 시험 감독으로 들어온
대위님을 넋 놓고 보다가,

눈을 마주치고 당황해서 필통에 있던 펜을
다 떨어뜨리기도 했습니다.
짝사랑이 시작된 겁니다.

그러던 어느 날,
몸이 안 좋아서 다니던 병원에
진료를 보러 가야 할 일이 생겼습니다.

하필 1교시부터 시험이 있던 날이라
시험 감독 교관님들에게 시험이 끝나면 바로
조퇴를 해야 한다고 미리 보고를 드렸는데….

**1교시 시험 감독관님이 시험이 끝났는데
갑자기 훈화 말씀을 시작하시는 겁니다.**

여러분들은 간호 장교다. 간호 장교는
군이 기능을 정상적으로 수행하는 데 있어서
굉장히 중요한… 그런 면에 있어서 오늘 아침에
본 이 시험이 여러분들에게 있어서… 본 교관이
해 주고 싶은 말이 있는데…

아… 미치겠다….
빨리 조퇴하고 가 봐야 되는데….

네.

똑
똑
똑

대위님 덕에 병원 진료를 무사히 받았고,
가는 내내 계속 대위님 생각이 났습니다.
저의 백마 탄 왕자님 같았습니다.
그날 이후 계속 더 눈에 들어왔고,
아른거렸다고 할까요?

괜히 안 물어봐도 될 걸 물어보기도 하고,
교관님들 식사하시는 곳에 가서
기웃거리기도 했습니다.

그렇게 시간이 흘러 어느덧 교육 수료를 하는 날,
다른 교관님을 통해 대위님이 여자 친구가 없다는
사실을 입수한 저는 용기를 내어 연락을 드렸습니다.

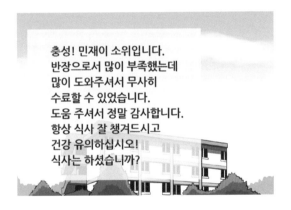

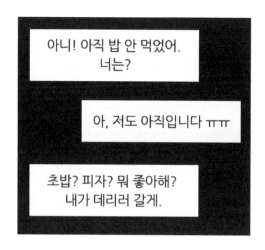

뜻밖의 대답에 제 심장이 터지는 줄 알았습니다.
밥 먹고, 커피 마시고…
데이트 아닌 데이트를 하게 된 겁니다!
그런데 왠지 데이트 내내 대위님의 표정은
좋아 보이지 않았습니다.

그렇게 집으로 돌아가는 길…
안 될 거라는 걸 알지만 마지막이라는 생각에
용기를 내어 고백을 했습니다.

그리고 대위님은 말없이 고개를 끄덕였습니다.

지금은 제 남편이 된 대위님.
가끔씩 그때 이야기를 나누며 잘 살고 있답니다!

저희 아빠, 엄마가
어떻게 만나게 되었는지 이야기하려고 해요.
형제가 많고 가정 형편이 어려웠던 아빠는
사회생활을 일찍 시작했대요.

먼 친척분의 안경점에서 이른 나이에
점원 생활을 시작하셨죠.
성실하게 일했고, 실력을 인정받으며
하루하루 열심히 사셨죠.

그러던 어느 날, 아가씨 한 명이 찾아왔대요.

어서 오세요.

체육복 차림에 커다란 자전거를 끌고 온,
두꺼운 안경을 쓴 손님.

아빠는 늘 해 온 것처럼 친절하고 꼼꼼하게
안경을 맞춰 주었고 계산을 하려는데,
그 손님이 갑자기 엄청 당황하더래요.

준비해 온 돈이 조금 모자랐나 봐요.

괜찮다고 신경 쓰지 말라고 했는데도
그 손님은 어쩔 줄 몰라 했대요.

정 그렇게 미안하시면
나중에 커피나 한잔 사 주세요.

흑심이 있었던 게 아니라, 미안해하는 손님의
마음을 편하게 해 주려고 했던 말이었지요.

…고맙습니다.

그렇게 얼마쯤 시간이 흐르고…,
아빠는 그날도 열심히 일하고 있었는데
그 손님이 다시 찾아왔대요.

어? 안녕하세요?
혹시 맞추신 안경이 불편한 데가 있으세요?

…커피…
사러 왔어요….

앗, 저는 그냥 손님이 너무 미안해하셔서
마음 편하게 해 드리려고 한 말인데…
안 사 주셔도 괜찮아요.

나는 반 농담으로 한 말인데,
네 엄마가 진짜로 올 줄은 몰랐지.
아무리 내가 잘생겼어도 말이야.

당신이 커피 사 달라며~.

마침 밥때이기도 했고, 꽤 고집을 피우길래
함께 차 한잔하러 나섰대요.

그 손님은 그날 물방울무늬 원피스를
입고 왔는데, 아빠 말로는 아무래도
누구한테 빌려 입고 온 듯했대요.

일찍 사회생활을 시작해 주변에
잘 꾸미고 세련된 친구들이 많았던 아빠에게
원피스에 두꺼운 안경을 쓴 아가씨의 모습이

촌스러우면서도 어딘가 순수하게 보였나 봐요.

저는… 그냥 블랙커피 주세요. 뭐 드실래요?

저는… 그냥 오렌지 주스… 커피 못 마셔요.

으악~ 엄마 내숭~~ 커피 못 마신대!
별다방 VIP께서!

어머, 애! 내숭 아니야~
그때는 진짜 못 마셨어~!

손님하고 이렇게 밖에서 만난 건 처음이어서
저도 참 어색하네요…. 무슨 이야기를 해야 할지….
안경은 어떻게… 잘 맞으세요?

네, 꼼꼼하게 잘 해 주셔서….
감사해요.

너무나도 긴장했던 모양인지 아가씨는 그만
오렌지 주스를 와장창 엎지르고 말았대요.

눈이 참 예뻤지.

그렇게 아빠와 엄마는 곧 연인이 되었고,
여러 가지 우여곡절 끝에 결혼하게 되었대요.
늘 소녀 같은 엄마와 멋쟁이 아빠.
지금은 토끼 같은 손주가 여섯이랍니다.

에피소드 끝

공연 쪽 일을 해 오던 저는 형부의 소개로
반도체 설계를 시작했고, 우연히 좋은 기회로
반도체 회사에 입사하게 되었어요.
설계는 제 전공도 아니었고 처음 해 보는
회사 생활에 매일매일이 긴장의 연속이었죠.

그곳에서 처음 만난 대리님이 한 명 있었는데,
저런 사람이 사회생활을 할 수 있을까
싶을 정도로 엄청 과묵하고 조용했어요.

그러던 어느 날, 그 대리님에게
물어볼 일이 있어서 질문을 하나 했는데,

한참을 뜸 들이다가 시크하게 대답하고는
그냥 자리로 돌아가더라고요.

첫인상이 별로 좋지는 않았죠.

어느 날은 동료들이 모두 출장이라
그 대리님과 둘이서 밥을 먹을 일이 있었는데,

침묵을 깨고 저에게 한다는 말이…
그래서 그때 생각했어요.
아, 이 사람은 나를 별로 안 좋아하는구나….

얼른 일 배워서 더 좋은 회사 가세요.

그렇게 시간이 흐르고,
이제 회사 생활에 조금 적응을 하는구나 싶을 무렵…
지방으로 파견을 가게 되었어요.

네? 파견이요? 저 혼자요?

아니지~ 세린 씨 혼자 어떻게 보내~

성 대리도 같이.

네…? 이게 무슨 운명의 장난일까요?
딴 사람도 아니고 그 대리님과
지방으로 파견이라니….

회사에서 잡아 준 집도
같은 건물에 같은 층 바로 앞집!
남들은 로맨스의 클리셰라고 하겠지만…,
저는 앞날이 암담했습니다.

성 대리님이랑요?

그래~ 성대리를 보내야
내가 걱정이 없지. 일 잘하지, 성실하지.
같이 가서 많이 배워.

세린 씨 표정 왜 그래?
파견 나가는 것 때문에?

네… 파견도 파견인데….
성 대리님이랑 둘이 가래요.
저 성 대리님 좀 무섭거든요.

응? 성 대리님이 뭐가 무서워. 엄청 친절한데?

저는 걱정돼 죽겠는데,
회사 사람들은 입을 모아
대리님을 칭찬하는 거예요….
물론 그때 저에게는 크게 와닿지 않았죠….

아무튼 그렇게 불편한(?)
파견 생활이 시작되었는데…,
진짜로 조금씩 새로운 모습이 보이기 시작했어요.

팀장님이 클라이언트의 무리한 요구를
다 들어주는 바람에 파견지 직원들 모두가
매일 지옥 같은 야근에 시달릴 때,
혼자 총대 매고 대들어(?) 일을 정리해 주기도 하고,
파견 업무에 서툴러 헤매고 있을 때마다
귀신같이 나타나 묵묵히 도와주기도 하고….

회식 자리에서 누가 자리에 없는 사람을 욕할 때에는…

용기 있게 자기 의견을 얘기하더라고요.

그리고 결정적으로…

그 냉혈한 같던 사람이 살짝 취해
자기도 휴가 가고 싶다고
앙탈 아닌 앙탈을 부리는데…,

별로였던 첫인상은 지워지고…
어느새 제가 그 대리님의
뒷모습을 바라보고 있더라고요.

조금씩 대리님에 대한 마음을 키워 가면서
파견 온 지 6개월이라는 시간이 흘렀어요.

우연히 공연 초대권이 생겼던 저는,
어떻게 하면 대리님에게 같이 가자고
할 수 있을까? 고민하고 있었죠.

그러던 중 야근 없이 일찍 일이 끝나는 날이 있었고,
저는 이때다 싶어 종종 모여 술을 먹던 멤버들에게
술 한잔하자고 했는데,

다들 일이 있어서 안 된다는 거예요.

그렇게 생각지 않게
대리님과 둘이 술을 마시게 되었어요.

한 잔, 두 잔 마시다 보니 금세 알딸딸해졌고…,
술이 들어가서인지 저도 모르게 용기가 났나 봐요.

저 어떠세요?

세란 씨 너무 좋죠…. 그런데 사내 연애
너무 안 좋은 케이스를 많이 봐서….

제가 별로는 아니라는 거죠?

…네.

그럼 저랑 사귀어요.

우리 둘 다 사람이라 좋은 면이 있으면
다른 면도 있을 텐데, 그걸 지금 저한테
맞추라고 하는 뜻이라면,
그건 자신 없어요.

6개월 넘게 서로를 알고 지냈는데도
확신이 없다면… 아닌 것 같아요.
제 고백 그냥 못 들은 걸로 해 주세요.

나도 모르게 말해 버렸다….

제 당돌한 고백에 대리님은 살짝 당황한 듯 보였지만,
저는 제 감정을 속이고 싶지 않았어요.
대리님도 어느 정도는 저에게
감정이 있다는 확신이 있었거든요.

......

…우리 시작해 봐요.
좋은 감정으로.

비 와요…. 대리님.

오늘 온다고 했어요.

그렇게 우리는 연인이 되었어요.
나중에 물어보니 대리님도 저에게 호감이 있었지만,
파견 나와 심심해서 자기를 찔러보는 거 아닐까 생각해
철벽 아닌 철벽을 친 거라고….

아무튼 매일 함께 행복하게 지내고 있는 우리는
내년쯤 결혼을 준비하고 있답니다.

9년 전, 스물두 살 대학생이었던 저는
기자 인턴 생활을 하고 있었어요.
저는 주로 대학 야구를 취재했었죠.

여보세요? 어 동훈아.

요, 누나!
오늘 우리 학교
취재 온다며?

어, 이따가 갈 거야.

나 밥 사 줘.

전화하자마자 밥이냐.
그래 알았어. 취재 끝나고 만나자.

누나, 근데 이번에
고향 후배가
새내기로 입학했는데
혹시 같이 가도 되나?

그래, 같이 와~
야구부 후배?

응. 아직 서울이 낯설대.
고마워. 암튼 이따 봐!

그렇게 알고 지내던 모 대학 야구부 동생과
그 동생이 데리고 나온 후배와 함께
밥을 먹게 되었어요.

덩치는 컸지만 얼굴은
고등학교 갓 졸업한 티를 풀풀 내던 그 아이.

취재하며 만났던 운동부 선수들과 달리,
말을 걸면 기어들어 가는 목소리로
대답할 만큼 수줍음을 타던 사람이었죠.

그렇게 함께 밥을 먹고 헤어졌는데,
그 후로도 우연찮게 만날 기회가 많았어요.
대학로에서 친구를 만나는데
그 친구가 아는 사람들이 근처에 있다며
부른 사람들 중에 그 아이가 있었고,

저희 학교 축제 때
서로 길 가다가 마주치기도 하고

야구장에 취재를 가면
당연히 만나게 될 일이 많았죠.

만남이 잦아지다 보니
서로 연락처를 자연스럽게 주고받게 되었어요.

전화번호 알려 줘요.
종종 안부 나누게.

그렇게 안부 인사 나누자고 연락처를 교환한 후…
정말 안부 인사만 나누며 시간이 흘렀어요.

그냥 친한 누나, 동생으로 지낸 지 2년…
어느 날 그 아이의 학교 경기를 보러
경기장을 찾게 되었어요.

으, 일이 생각보다 너무 늦게 끝났다….
너무 늦었네….

야구장에 도착하니 경기는 이미 7회까지
진행되고 있었고, 그 아이만 빼고
같은 팀 선발 타자 8명 모두가
전원 안타를 기록하고 있었어요.

그 아이만 아무것도 못 친 상태였던 거죠….
제가 야구장에 도착했을 때 마침
대기 타석에서 본인 순서를 기다리고 있더라고요.

신기하게 눈이 마주쳤고,

제가 입 모양으로

하니까…

씨익 웃더라고요.

그리고 타석에 들어서자마자 첫 번째 공을

담장 밖으로 날려 버렸어요.

그때 그 아이한테 처음으로 설레었던 것 같아요.

우리의 연락은 조금씩 잦아졌습니다.

어제 홈런 멋있더라 축하해~
지금 너희 학교 기사 쓰고 있다.

감사해요 누나!

아~ 언제 퇴근하냐…
오늘 날씨 너무 좋다 이런 날은
한강 가서 치맥 해야 되는데

치맥 하면 되죠! 저도
한강 가보고 싶어요

이게 뭘까…라는 묘한 뉘앙스의 대화가 이어졌죠.
이 아이가 나한테 관심이 있나? 싶다가도…
고백을 하려는 것 같지는 않아 보이고…
그래서 저는 한번 떠보기로 했어요.

질문을 던지고 '왜 그래요 누나'라는 말이
오겠지라고 생각했는데, 1초도 안 돼서
저런 말을 하니 오히려 제가 당황을 했죠.
그래서 아무 말도 못 하고 있었는데…

그 소심했던 친구의 돌직구 고백.
역시 야구 선수는 야구 선수였던 거죠.
저도 호감이 있었으니
"그래, 그럼 만나보자"라고 답변을 했고,

그렇게 우리는 연인이 됐습니다.

막상 연인이 되고 첫 데이트를 하니 또다시
긴장해서 제 눈도 잘 못 맞추던 그 아이….

불같은 연애 끝에 지금은 부부가 되었고,
남편은 지금 프로 야구 선수가 되어
열심히 구슬땀을 흘리고 있답니다.

에피소드 끝

캐나다에서의 유학 생활을 마치고
한국에 돌아와서 취업 준비를 하고 있었어요.
캐나다에서 더 머무를까 생각하다가
고민 끝에 완전히 한국으로 귀국을 했죠.

상반기에 취업이 될 거라 생각한 것과는 다르게
지원했던 회사에서 모두 탈락을 하고,

하반기를 다시 준비하면서 우울한 마음도 달랠 겸
독서 모임에 들어가게 되었어요.

매주 독서 모임에 참석하면서
사람들과 독서 토론도 하고 대화도 하니
한결 기분이 나아지는 것 같았어요.
그러면서도 한편으로는 취업에 대한 불안감으로
하루하루를 보내고 있었죠.

그러다 어느 날, 엄마와 말다툼을 좀 했어요.
예민한 마음에 별일도 아닌 거에
엄마에게 화를 내버렸죠.

그날은 모임 사람들 중 한 명의
퇴사 파티가 있는 날이었는데

오늘 수진언니 퇴사 파티 올거지?
오후1:02

나는 그 언니 잘 몰라서...
못 갈 것 같아
오후1:06

아니다. 갈게! 갈 수 있어!
오후4:34

원래 불참하려고 했다가 엄마와 싸운 후
홧김에 다시 참석하기로 마음을 먹게 되었어요.

그렇게 20명 가까이 되는 사람이 참석한 파티.
처음 보는 사람들도 많았고, 모르는 사람들
사이에 앉아 술을 홀짝이고 있었는데,

어떤 한 남자가 술자리에 늦게 도착했어요.

제 옆에 앉은 사람이 늦게 온 그 사람에게 물었고,

그 사람은 머쓱한 표정으로 답했죠.

그게 그 사람의 첫인상이었습니다.

늦게 합류한 그 사람은 직각 테이블 끝에
의자를 가지고 와서 앉았고,
대화하기 불편한 자리였던 우리는
서로 대화를 하지 않았어요.

그러다 제 오른쪽에 앉은 남자가
갑자기 저에게 말을 걸었어요.

혹시 만날 때 나이 차이
어느 정도까지 괜찮으세요?

**오른쪽의 남자는 늦게 온 그 사람을
가리키며 말했고, 전 당황했죠.**

그렇게 어쩌다 보니 그 사람과 대화를 트게 되었고,

술이 한두 잔 들어가며 분위기가 무르익다 보니
자연스럽게 대화가 오고 갔어요.
관심사도 비슷하고 통하는 점이 참 많았죠.

진짜요? 여행 좋아하세요?
저도 여행 좋아해요. 인상 깊었던 곳이 어디예요?

그 사람과 바로 옆에서 대화를 하고 싶었는데
제 왼쪽에 앉은 사람이 눈치 없이(?)
비켜 주지를 않더라고요.
조금은 불편하게 대화했지만
그래도 대화가 너무 즐거웠어요.

그러다 제 왼쪽에 앉은 사람이
화장실에 가기 위해 일어났는데,

그 사람도 저와 같은 마음이었는지
옆 사람이 화장실에 가자마자 제 옆자리로
와서 앉았고 더 많은 얘기를 나눴죠.

하지만 모임 사람들의 대부분이 직장인이어서
모임 내내 혼자 스스로 작아진다는
기분이 들어 집에 일찍 가고 싶었어요.
그 사람과의 대화가 끝나는 게 아쉽기는 했지만
조용히 자리를 일어나려는데…,

얼떨결에 함께 나와 나란히 집으로 향하는 길.

그렇게 우리는 한 손에 초코우유를
하나씩 들고 길거리를 함께 걸었습니다.

그 사람은 제가 더 이상 모임에 나오지
않을 거라는 말에 굉장히 아쉬운 듯 보였어요.

저는 나도 모르는 사이에
'내가 그런 말을 한 적이 있었나?' 하는
약간은 당황한 표정으로 답했죠.

그리고 그 사람은 웃으며 잘될 거라고 말해 줬어요.
늘 '너는 외국 살다가 와서 뭐 할래?'라는 말만
듣던 제게 유일하게 잘될 거라고
따뜻하게 말해 주는 사람이었던 것 같아요.

헤어지는 마지막까지 집에 가서 먹으라며
타르트까지 챙겨 준 그 사람.

그렇게 집에 들어오니 또 그 사람에게
카톡이 와 있었어요.

자상하고 따뜻한 그 사람에게 저도 호감이 갔지만,
저는 더 이상 연락을 할 수 없었어요.
저보다 여섯 살이나 많았고, 그 사람에 비해
제 자신이 너무 초라하게 느껴져서
여기서 이 사람을 더 좋아하게 되면
안 될 것 같은 생각이 들었거든요.

그래서 답장을 하지 않았고,
그렇게 시간이 흘렀습니다.

그 사람과 연락을 끊고 지내고 있는데…,
그 사람이 사 줬던 타르트가 자꾸 생각나는 거예요.
사실은 그 사람이 생각나는 거였겠죠.

결국 전 용기를 내서 그 사람에게 톡을 보냈습니다.
마치 관심이 있어서 그런 게 아니라
정말 타르트가 생각나서라는 듯이….

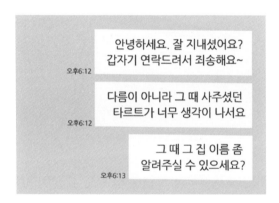

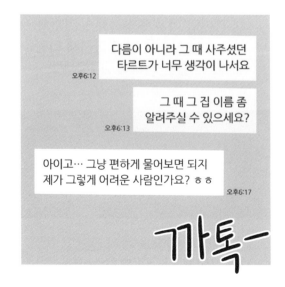

어색할 것 같고 떨렸지만,
그렇게 우리는 함께 영화를 보게 되었고.

다정한 그의 배려에 저는 점점 더
그 사람을 좋아하게 되었어요.
그 뒤로 매일 연락을 하면서
자주 만나 시간을 보내는 사이가 되었어요.

하지만 한편으로는 내가 지금 이 상태로
이 사람을 정말 만나도 될까라는 생각이 들었고

이제는 정말 그만 만나야 될 것 같다는 내용의
편지를 쓰게 되었어요.

그리고 그 편지를 그 사람에게 주려고 만난 날.

자존감이 바닥을 치던 시기에 따뜻하게 다가온 그 사람….
그렇게 우리는 연인이 되었고,
든든한 응원 덕에 취업까지 성공!
내년에 결혼을 꿈꾸며 예쁘게 잘 만나고 있답니다.

스무 살 대학교 1학년 여름 방학.
본가에 잠시 내려와 인생 첫 아르바이트를
하게 되었어요.

대형 마트 캐셔 아르바이트였는데 캐셔뿐만 아니라
수산, 육류, 베이커리 코너 등 파트별로 대학생
아르바이트생들이 많아서 핑크빛 소식도 많았고,

어리다고 대뜸 말을 놓고 환승, 양다리 등
자신의 화려한(?) 연애사를 자랑하는
허세 넘치는 오빠들도 많았죠.

그러던 어느 날,

마트 내 푸드코트에서 일하는 분이
떨어진 재료를 급하게 사러 왔어요.
더운 여름에 불 앞에서 일하느라 땀 뻘뻘 흘리며
계산대 앞에 섰는데, 예의 바르게
인사하는 모습이 인상적이었어요.

그 후에도 몇 번 계산하러 올 때마다
서글서글 웃으며 예의를 지키던 사람이었죠.

그렇게 며칠이 지나고, 마트에서 말복을 맞이해
푸드코트에서 주사위를 굴려 삼계탕을
반값에 먹을 수 있는 이벤트를 진행했어요.

혜리 씨. 오늘 이벤트 때문에
푸드코트 엄청 바쁠 테니까
지원 좀 나가야겠다.

네? 저요?

응. 오늘은 캐셔 말고 이벤트 홍보 좀 도와줘.

대리님 손에 이끌려 푸드코트로 지원을
나가게 되었고, 손님들에게 이벤트를
홍보하는 일을 맡게 되었는데….

자… 잠시 후 11시부터 말복 이벤트 진행합니다….

파워 INFP로 내성적이었던 저는
도저히 큰 소리로 이벤트 홍보를
하지 못하겠더라고요.

어이구, 그래 가지고 손님들 오겠어요?

죄송
해요ㅠㅠ

푸드코트 사장님이 긴장을 풀어 주기 위해
장난도 걸어 주시고 했지만,

민망한 마음에 이벤트 시간이
끝나기만을 기다렸어요.

그래도 이벤트 날 이후로 푸드코트 사장님과
함께 일하는 그분이랑 마주치면 인사를 나누고
계산할 때는 농담도 주고받으며 지내게 되었어요.

사장님에게 요리를 배우고 있는 듯한
진지한 모습과 근면 성실한 모습,
무엇보다 언제나 예의를 지키는 그분의 태도에
조금씩 호감이 생겼죠.

그런데… 어느 날부터 그분이
일하러 나오지 않더라고요.

뭐야, 삼십 대 초로 보였는데…
아르바이트생은 아니었는데…
일에 진심처럼 보였는데, 그만둔 건가…?

푸드코트 사장님에게 물어보기엔 창피하고,
연락처를 알아내어 갑자기 연락을 하면
이상한 사람처럼 보일까 걱정되고….
얼마 남지 않은 알바 기간이 길게만 느껴졌어요.

그렇게 일주일쯤 지났을까…,
퇴근 시간에 갑자기 그분이 나타나
인사를 하고 지나가는 거예요!

안녕하세요~
잘 지내셨어요?

아… 안녕하세요!
(여름휴가 다녀오신 거구나!)

반갑고 설레는 마음으로 제 심장은 다시
콩닥콩닥 뛰기 시작했고,
연락처라도 물어보고 싶은 마음이 굴뚝같았지만
차마 얼굴 보고 입이 안 떨어지더라고요.
망할 파워 INFP….

저는 집에 와서 그분의 명찰에 적혀 있던 이름으로
싸이X드를 뒤지기 시작했습니다.
평범한 듯 흔하지 않은 이름이라
금방 찾을 수 있었어요.

> 어! 찾았다!! 찾았어!!!

> 응, 뭐야? 나랑 한 살 차이밖에 안 나네??

알고 보니 이게 웬걸? 저랑 한 살 차이 나는
대학생이더군요. 아버지 식당에서
방학 때 잠시 일을 도와주고 있는 거였어요.

삼십 대의 직업을 가진 사람이라
조금은 거리감이 느껴진다 생각했는데…,
갑자기 확 친근해지며
마음의 문이 열리기 시작했어요.

그렇게 방학이 끝났고 저는 부산, 그는 서울로
각자 학교로 돌아가게 되었어요.
그리고 우리는 싸이X드로 연락을 나누기 시작했지요.

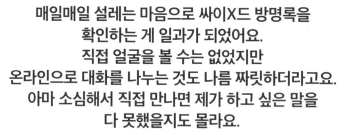

매일매일 설레는 마음으로 싸이X드 방명록을
확인하는 게 일과가 되었어요.
직접 얼굴을 볼 수는 없었지만
온라인으로 대화를 나누는 것도 나름 짜릿하더라고요.
아마 소심해서 직접 만나면 제가 하고 싶은 말을
다 못했을지도 몰라요.

그렇게 추석이 되었고 저는 명절을 맞아
단기 아르바이트로, 그는 아버지 일을 도와주러
다시 마트에서 만나게 되었어요.

휴… 떨지 말고 연습한 대로 잘 말하자….
코스모스… 드라이브….

왔어? 실제로 보는 게
얼마 만이야.

아… 안녕!

그럼 고생해. 난 재료 준비하러 갈게.

저, 저기…!
오늘… 끝나고 뭐 해?

응? 특별히 뭐 없는데.

내가 여기 토박이여서 코스모스 예쁜 데 아는데,
같이 드라이브 갈래?

전 그와 만날 수 있는 날이
얼마 없다는 생각에 큰 용기를 내었고,

이렇게 난생 첫 데이트를 하게 되었습니다.

경주 가을의 코스모스는 아름다웠고
그의 얼굴도 아름다웠고…,
모든 게 참 아름다웠습니다.

그렇게 우리는 연휴 매일을 데이트하며 보냈고,
다시 각자의 학교로 돌아가 연락을 하며 지냈습니다.
제 마음속의 확신은 점점 더 커졌고요.

한 달, 두 달 날씨는 점점 차가워지고,
확신에 찬 제 마음과는 달리 크게 마음 표현이 없는
그에게 살짝 불안해하며 지내던 어느 날,

그가 제가 있는 부산으로 내려왔습니다.

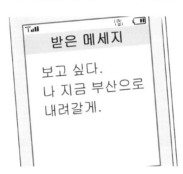

함께 밥을 먹고 즐거운 시간을 보냈지만
그날도 역시 별다른 말이 없었고…,
차마 먼저 사귀자고 할 용기가 없어
혼자 끙끙대고 있던 찰나….

제 손을 덥석 잡아 자기 외투 주머니에 넣으며
마음을 표현한 그 사람.
그렇게 우리의 연애는 시작되었고
대학원, 취업을 겪고 벌써 11년째 연애 중입니다.
내년에 결혼을 앞두고 있는 우리의 사랑은
여전히 따뜻합니다.

에피소드 끝

2010년. 서로 다른 그룹의 멤버가 모여 부른
혼성 듀엣 노래가 유행할 때 즈음
동갑내기 그 사람과 처음 만났어요.

세 번째 만남에서 200만 원짜리 중고차를
떡하니 사 온 그 사람.

드라이브합시다!

중고차와 함께 주말마다 전국 방방곡곡을
돌아다니던 우리는 4년의 연애 끝에 결혼을 했지요.

결혼하자 우리.

제 나이 스물일곱에 결혼했으니
꽤 일찍 결혼을 한 편이었고, 남편이랑 둘이 사는 게
너무 재미있어서 아이를 갖고 싶다는 생각이
당장에 들지는 않았어요.

주변의 친구들, 지인들이 하나둘 아이를 낳고
키우는 모습을 봐도 우리 부부의 생각은
크게 바뀌지 않았죠.

우리는 좀 더 마련해서
나중에 갖고 싶은 마음이
더 커지면 갖자.

그래 좀 더 나중에…
나중에 꼭 가질 거야.

그렇게 결혼을 한 지 5년이 되던 2018년.

여보…
나 왜 이러지….

괜찮아? 열이 많이 나네.
요즘 왜 이렇게 자주 아프지?

밤만 되면 열이 치솟고 아픈 날이 잦아져
병원을 찾으니 큰 병원으로 가 보라는 권유를
받게 되었고, 한 달 만에
자궁 내막암 확진을 받게 되었어요.

자…, 자궁 내막암이요?

자궁암 얘기를 듣고 처음으로 들었던 생각은
'그래, 그동안 내 몸을 돌보지 않았으니
그럴 수 있다. 오히려 내 몸을 돌볼 기회다'였고,

……

두 번째로 든 생각은 바로 '아기'였어요.

자궁이면 아이가 자라는 곳인데…,
저 그럼 앞으로 임신을
못 하게 될 수도 있는 건가요?

일단은 일주일 후 나오는 결과를 보고
말씀드릴 수 있을 것 같습니다.

그렇게 일주일 뒤…, 자궁을 적출하고 림프절까지
모두 들어내야 해서 아이를 가질 수 없다는
청천벽력 같은 소리에… 암 확진에도 눈물 한 방울
안 나던 제가 복도에 주저앉아 펑펑 울었죠.

산부인과이다 보니 배가 부른 엄마들이 보였고,
태동 검사실에서 흘러나오는 아기들의 심장 소리가
오버랩되며 정말 죽고 싶었어요.

여보 잘 다녀왔어? 뭐래?

여보… 우리 이혼하자.

우리가 스물넷에 만나서 연애하고 결혼하고…
크게 바란 건 아니었지만, 서로 닮은 아기 하나 낳고
행복하게 살자고 했었는데….
난 이제 그렇게 못하는 몸이 되어 버렸으니,
얼른 다른 건강한 여자 만나서 결혼해….

풉….

푸하하하하!! 너 영화 찍냐? 걱정하지 마라.
내가 너를 두고 어디를 가. 얼른 짐 싸서
서울 올라가자. 서울에 자궁 내막암
명의가 있다더라.

그렇게 남편과 함께 서울로 올라가
자궁 내막암 분야 유명 교수님을 만나게 되었어요.

괜찮아요. 마음 편히 가지고
호르몬 치료를 해 보는 게 좋겠어요.
적출은 일단 최대한 미뤄 보자고요. 호르몬 치료가
어느 정도 되었을 때 시험관도 한 번 시도해 보고요.

다행히 6개월 만에 호르몬 치료가 성공적으로 끝났고,
다시 시험관 병원으로 향했습니다.

사실 호르몬 치료보다도 이 시험관을 하는
과정이 더 힘들더라고요.
시간 맞춰서 배에 자가 주사를 하고…,
난소에서 과배란된 난자를 열 몇 개씩 빼야 하고….

수정된 걸 내 배에 이식을 하고 결과를 기다리는
2주의 그 과정이 너무 힘들었어요.
무슨 자신감이었는지 1차에서 임신이 될 줄 알았는데
착상은 성공했지만 아기가 자라지 않았죠.

2차에서는 착상조차 실패….
이쯤 되니 내 인생엔 아기가 없나 보다 하는
생각이 들었어요.

다시 3차 시험관을 위해
과배란을 해서 난자를 빼낸 날.

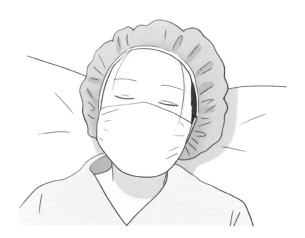

그날 저녁 너무 아프고 힘들어서
정말 대성통곡을 했어요.

왜 그래 여보?!

나 너무 힘들어 여보….
이번에도 실패하면 어떡해.

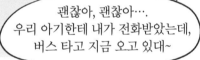

괜찮아, 괜찮아….
우리 아기한테 내가 전화받았는데,
버스 타고 지금 오고 있대~

차가 막혀서 늦는다고
조금만 기다려 달래.

엉엉~ 여보. 이제 더는 안 하고 싶어.
이번에 안 되면 나 그냥 그만할래….

그래, 그러자.

그렇게 남편을 붙들고 한바탕 울고 난 뒤
마음을 다잡고 3차 이식을 마쳤고,

다시 2주라는 시간을 기다려야 했어요.
사실 그때 거의 반은 포기한 마음으로
딩가딩가 남편과 놀러 다녔던 기억이 나네요.

그리고 2주 후 첫 검사.

일주일 뒤 다시 검사해 보니 뱃속에 쌍둥이가!
안타깝게도 두 아이 다는 지키지 못하고
예쁜 천사 한 명이 지금 제 옆에서
쌔근쌔근 자고 있답니다.

한 회사에서 10년.
초창기 때부터 함께해서 참 애정하던 회사가
안 좋은 상황이 되면서 퇴사를 하게 되었어요.

내 집같이 생각하던 회사가 하루아침에 없어지니
너무나도 공허했고, 현실을 떠나고 싶은 마음에
그동안 가 보고 싶었던 포르투갈로 여행을 떠났어요.

왜 하필 포르투갈이었는지는 지금도 잘 모르겠어요.
그냥 막연히 포르투갈이 예뻐 보였나 봐요.
그렇게 급하게 떠난 포르투갈의 풍경은
상상만큼이나 아름다웠습니다.

이곳저곳 돌아다니며 열심히 사진을
찍기 시작했는데….

찍다 보니 제 사진이 셀카뿐이더라고요.

처음 와 본 유럽 여행인데, 이 기억을 예쁜 사진으로
남기고 싶다는 생각이 들었고, 저는 숙소에서
스냅 사진 작가를 부랴부랴 검색해 보기 시작했어요.

그렇게 한국인 작가 한 분을 찾게 되었고,
한 에그타르트 집에서 미팅 약속을 잡게 되었어요.

안녕하세요. 스냅 사진 예약하신 혜수 씨 맞으시죠?

청청 패션에 덥수룩한 헤어스타일….
누가 봐도 자유로운 영혼임이 느껴지는
첫인상에 살짝 당황했는데,

반갑습니다. 포르투갈엔 처음 오셨다고 하셨죠.
여기 정말 예쁘죠? 저도 이곳이 정말 예뻐서
머무른 게 벌써 몇 년인지 몰라요.

당황도 잠시, 본업인 사진 이야기를 시작하니
그의 눈에서 반짝반짝 빛이 나더라고요.

작가님과 돌아다니며 포르투갈의
아름다운 풍경을 사진으로 담기 시작했어요.

자~ 너무 카메라
의식하지 마시고~
저 없다 생각하세요~.

이렇게 찍어 보는 게
처음이라 너무 어색하네요.

좀 이동할까요?
다들 많이 어색해 하세요.
그래도 잘하고 계시는데요?

그래요? 나중에
사진이 어떻게 나올지
너무 궁금해요.

…작가님은 어떻게 하다가 여기 포르투갈에
오시게 되었는지 여쭤봐도 돼요? 아까 이곳이
너무 예뻐서 머무르고 계신다고 들었는데…

아, 저요? 제가 예전에 학교 다닐 때 역사를
전공했거든요. 그냥 그때 공부하면서 세계사에도
관심이 많아졌고, 언젠가는 유럽에서 꼭 한 번
살아 봐야겠다 생각했었죠.

그러다가 우연히 사진을 배우게 되었고,
유럽에 와서 여기저기 돌아다니다가
지금은 여기에 있네요.

제가 이래 보여도 학교 다닐 때는 정말
역사에 꽤 진심이었어요. 아르바이트로
유적 발굴도 하러 다니고 그랬거든요.

헉.

왜 그렇게 놀라세요?
진짜예요~. 저 열심히 공부했다니까요?
날라리 아닙니다.

아니, 그게 아니고요…. 너무 신기해서….

저도 역사 전공했거든요. 학창 시절에.
발굴 아르바이트도 다니곤 했는데…
흔치 않은 일인데 너무 신기해서요….

오우~ 진짜요? 신기하네요, 진짜.

벌써 어둑어둑해지기 시작하네요.
배고프지 않으세요? 괜찮으시면 저녁 한 끼
사 드리고 싶은데, 뭐 좋아하세요?
제가 메뉴별로 맛있는 곳은 다 알고 있습니다.

함께 촬영하는 3시간이라는 시간 동안
참 많은 공통점들이 있다는 걸 알게 되었어요.
신기하고 또 특별한 인연이구나 생각했고,
작가님과 헤어지는 게 아쉽다는 생각이 들었어요.

포르투갈에서의 아름다웠던 기억을 뒤로하고
한국으로 돌아온 저는,
돌아와서도 그 여운이 쉽게 가시지 않았습니다.
한국에서도 계속 작가님과 연락을 주고받았어요.

친구도 연인도 아닌 애매한 느낌으로
자주 연락을 주고받던 어느 날,
작가님이 한국에 잠깐 들어온다고 했어요.

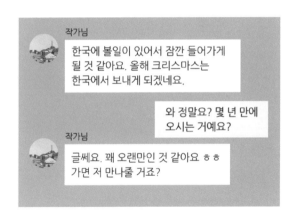

작가님
한국에 볼일이 있어서 잠깐 들어가게
될 것 같아요. 올해 크리스마스는
한국에서 보내게 되겠네요.

와 정말요? 몇 년 만에
오시는 거예요?

작가님
글쎄요. 꽤 오랜만인 것 같아요 ㅎㅎ
가면 저 만나줄 거죠?

생각지 못했던 작가님과의 재회에
가슴이 쿵쾅쿵쾅 뛰기 시작했고,

진짜 한국은 금방금방 바뀐다.
정신이 없네요.

걱정 마세요. 한국에서는 제가 책임집니다!
식사하셔야죠? 갑각류 빼고.

함께 오랜 시간을 보내며 마음을 더 키워 갔습니다.

그해 크리스마스. 우리는 연애를 시작했습니다.
작가님은 다시 포르투갈로 돌아가야 했고,
장거리 연애가 시작되었어요.
애틋한 마음으로 장거리 연애를 하며,
새로운 회사에서의 적응에 힘들어하고 있을 때쯤

힘들다. 힘드니까
더 보고 싶어...

내 사랑

내가 힘이 되어주겠다고 했잖아.
내가 너 먹여살릴 수 있어.

그냥 여기로 와.
내가 표 보내줄게.

전 모든 걸 정리하고 유럽행을 결정했어요.

그렇게 우리는 포르투갈 리스본에서,
스페인 세비야에서, 그리고 지금은 헝가리 부다페스트에서
5년째 행복하게 살아가고 있어요.
저는 10년간 회사를 다니며 틈틈이 꽃을 배웠던
경험을 살려 꽃집을, 오빠는 여전히 열심히 사진을 찍는
사업가로 지내고 있답니다.

에피소드 끝

제가 아주 어렸을 때,
엄마가 동네 강아지에게 밥을 챙겨 주다
손을 세게 물리고 기절하는 걸 본 이후로…

저는 동물에 대한 트라우마가
생기게 되었어요.

특히 길을 가다가 유기견들을 보기만 해도
온몸이 얼음장처럼 굳어 버리고
눈물이 쏟아져 나왔고,

어른이 되고부터는 눈을 마주치지 말고
모른 척 걸어가야 한다는 말을 되새기며
공포를 외면하기 위해 노력했죠.

그렇게 이십 대 중반이 된 저는
사회생활을 시작했고,

매일 출퇴근 왕복 3시간의 긴 여정과
끊임없는 야근에 지쳐 힘들어하고 있었어요.

자정이 다 되어 가는 시간…
여느 때와 같이 야근을 마치고 퇴근을 하는데,

집 앞에 생후 1~2개월쯤 돼 보이는
작고 복슬복슬한 강아지 한 마리가 있는 거예요.

평소였으면 모른 체하고 집으로 당장 올라갔을 텐데
그날따라 이상하게 꼬리를 프로펠러처럼 휘두르며
저를 반겨 주는 그 강아지를 외면할 수 없었어요.

별이와 저는 어두운 거리
가로등 불빛을 사이에 두고
그렇게 처음 만나게 되었어요.

다음 날도, 그다음 날도 똑같은 거리에서
반겨 주는 강아지 덕분에 어느샌가
지쳐서 힘없던 퇴근길이 기다려지기 시작했어요.

어두컴컴한 밤 시간, 강아지는
제가 집에 들어가는 걸 조금 떨어진 거리에서
끝까지 지켜봐 주었고,

단독 주택 2층에 있는 제 방에 올라와서 창밖을 보면
그제야 총총하고 주택가 사이 은신처로
들어가곤 했어요.

그동안 무서워서 강아지와 가까워진다는 것은
상상도 못하던 일이었는데,
매일 밤 저의 퇴근길을 지켜 주는
그 강아지에게 고마운 마음이 들었어요.

어느 날, 저는 고마움을 표시하고 싶어
냉장고에 있는 고기를 구워 밖으로 나갔어요.

호기롭게 고기를 굽기는 구웠는데
평소에 강아지를 워낙 무서워했고,
강아지를 키워 본 적은 당연히 없었기에
어떻게 줘야 할지 모르겠더라고요.

그릇째로 던져 주었지만,
그 강아지도 가까이 온 제가 무서웠는지
거리를 두고 먹지를 않았어요.

전 용기를 내어 손에 고기 조각을 올린 후
눈을 질끈 감고 슬며시 손을 내밀고
기다리기로 했어요.

까끌까끌한 강아지의 혀가 제 손 위로 날름!
태어나서 처음으로 강아지와
직접 닿아 보는 순간이었어요.

그날 이후 강아지와 저의 거리는 더 가까워졌고,
밤마다 맛있는 걸 나눠 먹는 친구가 되었어요.

하지만 진돗개 믹스견이었던 그 강아지는
하루가 다르게 덩치가 커지기 시작했고,
유기견 보호소로 보내야 한다는
동네 주민들의 의견이 분분했어요.

결국 낮에 강아지에게 사료를 챙겨 주던
식품 창고 아저씨께서 강아지를 키울 곳을
수소문했어요. 저는 그 강아지를 키우고 싶었지만,
엄마의 극심한 반대 때문에 키울 수 없었고요.

절대 안 돼. 강아지는…,
너도 알잖아….

며칠 뒤, 강아지는 식품 창고 아저씨의
지인이 운영하는 녹차밭으로 보내졌어요.

매일 저의 퇴근길을 지켜 주던 강아지가
그렇게 저희 동네를 떠나게 되었어요.

허전함과 걱정에 매일 밤 잠을
이루지 못하겠더라고요.
강아지가 무서워서 가까이도 가지 못하던 제가
어느새 강아지와 둘도 없는
친구 사이가 되어 있었다는 걸 알게 되었죠.

그러던 어느 날…,

이상하다…. 며칠째 꿈에 그 강아지가 나와서
엉엉 운다. 아무래도 녹차밭에 가 봐야겠어.

꿈을 꿨다는 엄마는 강아지가 신경 쓰였는지
녹차밭을 찾아갔고, 그곳에서 너무나도
우울해 보이는 강아지를 봤다고 해요.

강아지 키우는 걸 반대하던 엄마였지만
그 강아지가 눈에 밟히자 차마 그냥 돌아올 수 없었고,
사례 후 다시 강아지를 데려왔어요.

그동안 녹차밭에서 힘들었는지 차를 타고 오는
40분 동안 세상 떠나갈 듯 낑낑거리다가
신기하게도 원래 살던 동네에 접어드니
창밖으로 보며 눈이 초롱초롱해졌다는 강아지.

집에 도착한 강아지는 얌전히 내려
미소를 방긋 짓기 시작했어요.
그렇게 별이는 우리 가족이 되었습니다.

개인적으로 너무 힘든 시기를 보내고…
스스로 삶을 포기하기 직전까지 갔던,
제가 서른 살이 되던 해.

겨우 망가진 몸을 추스르고, 운동을 해 보라는
주변의 권유로 시작한 배드민턴 동호회에서
그 아이를 처음 만났습니다.
당시 스물네 살의 파릇한 젊음으로
"누나, 누나" 하며 저를 잘 따르던 그 아이.

덩치만 컸지 제 친동생보다도 어린 그를
마냥 귀여워하며 지내던 어느 날,
그 아이가 저에게 자신의 마음을 고백했습니다.

결혼은커녕 연애에 대한 생각도 크게 없던 저였지만,
힘든 시기를 지나 조금씩 삶의 의욕을 찾아가는 데
힘이 되었던 그 아이의 고백을 거절할 수 없었습니다.

가벼운 마음으로 시작한 우리의 만남은
1년 정도 계속되었습니다.
하지만 대부분의 연애가 그렇듯
만남의 횟수는 조금씩 줄어들었고…,

현저히 줄어 가는 연락과,
또 어떨 땐 장기간 연락이 두절되는 그와 저는
이별을 직감하게 되었습니다.

그렇게 혼자 마음을 정리하고,
그에게 이별을 고하기 며칠 전…

근데 요즘에 왜 이렇게 몸이 무겁지…?
생리도 안 하고…
스트레스를 많이 받아서 그런가?

저에게 아기 천사가 찾아왔습니다.

그럼에도 불구하고 이미 제 마음은 정리된 지 오래였고,
이제 와서 저의 결심을 뒤집을 순 없었기에…
그에게 사실을 말하고 헤어지자고 말하기 위해
그를 불러냈는데…

할 말이 있어서 불렀어.

기뻐하며 결혼하자는 그의 말도 안 되는 얘기에
왜인지 눈물이 왈칵 쏟아졌습니다.
겁이 많이 났던 것 같습니다.
스물다섯 살의 대학생이었던 그 아이와, 서른한 살의
작은 회사를 다니던 제가 부부가 된다는 것이….

그의 부모님은 당연히 결혼을 반대했고,
저 역시 누나 된 도리로 헤어지겠다 했습니다.

하지만 그 아이는 불도저처럼
결혼을 밀어붙이기 시작했고,

양가 부모님들과 저의 반대에도 불구하고
독단적으로 결혼 준비를 하기 시작했습니다.

그의 고집에 점점 만삭이 다가오는 저 또한
더 이상 반대만 할 수 없었고, 저흰 겨우 허락을 받아
혼인 신고를 하고 건강한 아이를 만나게 되었습니다.

그렇게 그 아이가 태어나고 한 달…,
그는 그때부터 달라졌습니다.

무섭게 결혼을 밀어붙이던 그 아이는
갑자기 방황을 하기 시작했고,

그 무렵 저희 친정 엄마가 뇌질환으로 쓰러져
가족들 모두 병원에 매여 있어서
저 혼자 갓난아이를 돌봐야 할 때,
그는 밤새 PC방에 있었습니다.

말도 하지 않고, 학교도 거의 가지 않는 그와
지칠 대로 지친 저는 매일같이 싸웠고,
그간 저를 괴롭히던 우울증이 더 심해져서
결국 병동에 입원하게 되었습니다.

다시 한번 삶의 끝을 바라보던 그때…,
저를 위해 함께 눈물을 흘려 준 사람은 놀랍게도
결혼을 반대하시던 저희 시어머니였습니다.

모두가 다 자신의 잘못이라며
저를 간호해 주고 돌봐주신 시어머니.

미안하다…. 나라도
들여다 봤어야 했는데…,
다 내 잘못이야….

묵묵히 경제적 지원을 해 주신 시아버님.
그리고 '손주 며늘아' 하고 따뜻하게 안아 주신
시할머니까지….

아들의 방황으로 삶의 끝을 바라보던 저를 위해
두 팔을 걷어붙이신 시어른들 덕분에
저는 내일을 바라보고, 치료에 전념할 수 있었습니다.
그렇게 무사히 퇴원을 하고, 가족들은 이번엔
방황하는 그를 갱생시키기 위해 나섰습니다.

어… 엄마, 아빠…?
여긴 왜….

지금 몇 시니? 너 지금 네 꼴 좀 봐봐.
네 와이프랑 네 아들 모습은 어때?

애 생겼다고, 네가 다 책임진다고 당당하게
말하던 거 다 거짓말이었어? 너 이 정도밖에
안 되는 애였어? 우리가 널 잘못 키운 거야?

…잘못했습니다. 무서워서 그랬어요….

잘못은 네 와이프랑 네 아들한테 했지.
네가 얼마나 무책임한 사람인지.
멋없는 사람인지 잘 생각해 봐.

세상이 끝난 것 같았던 제 나이 서른 시절…
나락으로 떨어지는 저를 잡아 올려 준 사람.
아직 어렸기에 부족했고 방황하던 그였지만,
저와 가족들은 그가 돌아올 것을 끝까지 믿었습니다.

그리고 사연을 적고 있는 지금. 그와 저는
결혼 7년 차가 되었습니다. 그는 이제 게임은
근처에도 가지 않고 번듯한 직장을 다니는
성실한 아빠, 성실한 남편이 되었습니다.

세상을 등지려는 선택, 원치 않던 임신,
남편의 게임 중독, 정신 병원 입원….
단어들만 나열해 보면 막장도 이런 막장이
없겠다 싶은 삶입니다만, 저는 지금 행복합니다.

삶에 빛이 보이지 않고 깜깜한 어둠이어도
버틸 이유는 충분한 것 같습니다. 보이지 않는 곳에서
빛을 비춰 주기 위해 힘써 주는 사람들이 있거든요.

저와는 어울리지 않는 것 같았던 '행복'이라는
단어를 알게 해 준 시어른들과 남편에게…
이 사연을 통해 고마움을 전하고 싶습니다.

에피소드 끝

나와 누나는 2017년 지방의 모 대학교
사범 대학에서 만났습니다.

당시 저는 복학을 해서 3학년이었고
누나는 미국에서 대학을 졸업하고
저희 학교에 온 편입생이었습니다.

이름만 말하면 누구나 다 알 만한,
최근에는 의류 브랜드로까지 만들어진
명문대를 나온 누나에게 지방 생활은
너무나 생소해 보였습니다.

당시 신입생들과는 일곱 살 차이가 났고,
'교사 자격증만 취득하고 얼른 졸업하자'라는
생각이라던 누나는, 재학생들은 물론
편입생 동기들에게까지 정을 주지 않았습니다.

언니 주말에 같이 밥 먹을까요?

아니 괜찮아…. 주말에 본가에 올라가 봐야 해서….

그 모습을 보던 저는 제가 신입생 시절
홀로 타지에 와 외롭고 힘들어하던 때가
생각났습니다.

제가 힘들어할 때 응원해 주고 힘이 돼 주던
선배들에 대한 고마움이 떠올라,
저도 적응하지 못하는 편입생을 도와주고 싶은 마음에
먼저 살갑게 다가갔습니다.

누나 피곤하시죠~ 커피 한잔하면서 하세요.

아, 저 커피를 안 마셔서….

누나 밥은 드셨어요?
공부하는 데 어려운 건 없으세요?

하지만 역시 모두에게
정을 붙이지 않으려고
마음먹은 누나는 차갑기만 했고,

네….

다가가도 밀어내기만 하는 누나를 보고

내가 뭐 하러 이렇게까지
이 편입생 누나를 챙기고 있지?

…라는 생각이 들었습니다.

저의 미국 생활은 그다지 행복하지 않았던 것 같습니다.
소위 말하는 명문대에 합격했지만
하루하루가 버거웠고, 졸업 후에도 이곳에 취직하고
계속 살 수 있을까라는 고민의 연속이었습니다.

고민 끝에 어려서부터 꿈꾸던 선생님이라는
직업을 위해 고국으로 돌아왔고,
지방의 모 대학교 사범 대학에 편입을 했습니다.

아는 사람 한 명 없는 곳에서의 타지 생활은
저를 다시 한번 외로움으로 인도했습니다.

친구를 만들어 볼까라는 생각도 잠시 해 보았지만
남들보다 아주 느린 출발에
누구와 어울릴 시간이 없었습니다.

외로웠지만 누구에게 정 주지 말고
오직 자격증 취득과 졸업에만 몰두하기로
굳게 마음을 먹었습니다.

그런데… 그때 자꾸 신경이 쓰이는 아이가
생겼습니다.

제가 힘들 때마다 귀신같이 알고 나타나
내 마음을 만지고 가는 아이….

그럴 때마다 마음을 다잡고 애써 외면하려 했지만,

저도 모르게 이미 제 마음은 흔들리고 있었습니다.

누나를 챙겨 주는 게 지쳐가던 무렵,
누나가 조금씩 마음의 문을 여는 듯했습니다.

오늘도 바쁘시죠?
공부 열심히 하세요 누나.

같이… 밥 먹어요. 오늘.

차갑기만 한 사람인 줄 알았던 누나가
함께할수록 속이 깊고 괜찮은 사람이라는 걸
알게 되었습니다.

그렇게 조금은 가까운 사이가 된 우리는
같은 수업을 듣거나 이런저런 고민들을 나누며
함께 대학 생활을 보냈습니다.

그런데… 어느 날,
누나가 저에게 고백을 했습니다.

네…? 저를요??

나한테 먼저 손 내밀어 준 것도 고맙고,
같이 지내다 보니 너도 상처가 많은 것 같은데,
내가 보듬어 주고 싶은 감정도 들고….
몰라. 나도 내 마음을 잘 모르겠는데 아무튼
너를 좋아하는 것 같아.

......

선한 마음으로 누나를 챙겼던 것이지 이성으로서
접근을 한 게 아니었기에, 저는 연애할 생각이 없다는
제 마음을 전했습니다.

누나 저는 지금 연애할 생각이 없어요.

그래? 그래도 계속 좋아할게.
그런 생각이 들 때까지….

저의 거절에도 불구하고 계속해서 저를 좋아하겠다는
누나의 마음을 아예 접게 하고 싶어서
저는 누나에게 여러 가지 모진 말들을 전했습니다.

같은 말부터…

같은 말까지…

그럼에도 이 미국물을 먹은(?) 누나는 포기가 없었고,
저는 '그래, 마음대로 해라. 이러다 보면 언젠가
지치겠지'라는 마음으로 그대로 표현하게 두었습니다.

그렇게 한 달이 지나고, 두 달이 지나고…
사계절이 지나 1년이 지났는데도
누나는 한결같이 저를 바라보고 좋아해 주었습니다.

그 해바라기 같은 모습에 처음 누나의 마음이 열렸던
것처럼 제 마음도 열리게 되었고, 제가 고백을 해서
결국 우리는 사귀게 되었습니다. 그리고 서로에 대한
소중함을 배워 가는 4년의 만남 후 지금은 부부가 되었습니다.
이제는 아내가 된 누나를 더 사랑하고 아껴 주며 살겠습니다.

2008년 여름. 2년간 다닌 첫 직장의 마지막 날.
팀원들과 송별회를 하고,
가까이 지내던 선배 언니 다섯 명과 2차를 하기 위해
종각 근처를 걷고 있었습니다.

2차는 어디 갈까?
시원하게 맥주 한잔 더할까?

네, 좋아요. 언니.

언니들~
맥주 다섯 병에
과일 안주 만 원!

가연아 어때? 어차피
놀 거 나이트로 갈까?

네? 아, 저 나이트 한 번도 안 가 봤는데….

에이 별거 없어~ 우리는 명수가 많아서
부킹할 일도 없을 거야. 우리끼리 맥주 마시고
신나게 춤추고 재밌게 놀자~!
마지막인데 풀어야지~ 어때 콜?

고참 언니의 제안에 그렇게 처음으로
나이트클럽에 가보게 되었습니다.

흥이 오른 언니들 덕분에(?) 부킹까지 하게 되었고
웨이터는 능숙하게 테이블에 앉아 있는 여섯 명의
남자들 사이사이로 저희 여자 여섯 명을
앉히고 사라졌습니다.

남자들도 근처에서 1차로 회식을 하고
2차 겸 놀러 온 비슷한 또래들이었는데,
이들은 1차에서 거하게 마셨는지 취한 티가 나서
언니들이 다들 재미없어하는 눈치였습니다.

일어서는 언니들을 따라 저도 일어나는데,

유일하게 취해 있지 않았던 제 옆의 남자가
저에게 명함을 쥐어 주며 내일 꼭 전화 달라고
인사를 했습니다.

이야기 더 하고 싶었는데,
내일 꼭 전화 주세요! 꼭이요!!

별로 안 마신 줄 알았는데 다음 날 숙취로 늦잠을 잤고,

아오, 머리야···. 지금 몇 시지.

정신을 차려 보니 제 가방에
한 명함이 들어 있었습니다.
제가 취준생일 때 눈여겨봤던 공기업이었습니다.

어? 여기 가고 싶었던 곳인데···.

뭐야 회사 대표 번호밖에 안 적혀 있잖아.
연락을 하란 거야 말란 거야. 풋.

대표 번호뿐인 명함에 한 번 웃음을 짓고
그대로 서랍 속 명함첩에 꽂아 두었습니다.
그렇게 그날의 기억은 잊혔습니다.
그리고 3년이라는 시간이 흘렀습니다.

가연아 소개팅해 볼 생각 있어?

소개팅이요?

응, 작년에 갓 입사한 대기업 다니는
신입 사원인데, 가연이 너랑 잘 어울릴 것 같아서.

언니가 소개해 주는 사람이라면 뭐…, 네 저도
연애 안 한 지 오래됐는데, 한 번 만나 볼게요.

**새롭게 다니던 회사 언니의 제안으로
소개팅을 하게 되었고, 큰 기대 없이
소개팅남과 레스토랑에서 식사를 했습니다.**

안녕하세요. 반갑습니다.

처음 뵙겠습니다.

저보다 두 살 많다고 들었는데, 혹시 취업 전에는
뭐 다른 일을 하신 건지 여쭤봐도 돼요?

아~ 제가 나이는 많아 보이는데,
이제 막 신입 사원이라고 하니 좀 의아하시죠?

사실은 전공을 살려서 한국 XX 공사에 다녔었어요.
근데 일이 생각보다 잘 안 맞더라고요.
그래서 최근에 관두고 새로 시작하는 마음으로
OO 기업 신입 공채로 입사하게 된 거예요.

한국 XX 공사…, 그 순간 그 공기업 이름이
너무 친숙했습니다. 그러고 보니 처음 소개팅에서 만나
받은 명함의 이름도 뭔가 어디서 본 이름 같고….

그때부터 소개팅남이 하는 이야기는 귀에 하나도
들리지 않았고, 제 머릿속엔 얼른 집에 가서
명함첩을 뒤져 보고 싶다는 생각뿐이었습니다.

얼른 집에 가서 명함을 찾아봐야 하는 제 마음을
알 리가 없는 소개팅남은 저를 쉽게 보내 주질 않고…
글쎄, 소개팅 첫날부터 3차 노래방까지 가게 되었습니다.

그렇게 밤늦게 집에 와 허겁지겁 명함첩을 뒤지는데,

동생은 한심하다는 얼굴로 혀를 끌끌 차며 자기 방으로
돌아갔고, 저는 이 우연이 너무나 기가 막히고 신기해
그 사람과 더 만나 보고 싶다는 생각이 들었습니다.

몇 번 더 만남을 가지면서 우리는 금세 친해졌고,
소위 말하는 썸 타는 관계가 되었습니다.

그리고 그 사람이 딱 고백을 할 것 같은 분위기를
팍팍 풍기던 날….

스물다섯에 처음 스쳐 지나가고,
스물여덟에 다시 우연히 만나 사귀게 된 그 사람과…
지금은 결혼 10주년 부부가 되어 행복하게
잘 살고 있답니다.

그 친구를 처음 만났던 날이 아직도 기억이 나요.
17년 전, 우리가 고등학교 2학년이었을 때.
저는 지구 과학 동아리의 부장이었고,
그 친구는 동아리 차장이 데려온 친구였지요.

미술을 잘한다는 친구의 장난에
얼굴 뻘개져 쩔쩔매던 모습이 아직도 눈에 선하네요.

처음 동아리 카페에 접속해 있는 그 친구의
아이디를 보고 말을 걸었을 때는 새로 들어온 부원을
챙겨 줘야겠다는 책임감 반, 그리고 호기심 반이었어요.

생각보다 우리는 대화가 잘 통했고,
어느샌가 우리는 날마다 메신저로
대화하는 사이가 되었죠.

하루하루가 즐거웠어요. 메신저로 시시콜콜한
하루의 이야기를 나누고, 같이 숙제도 하고,
동아리 활동 날에는 다 같이 만나서 즐겁게 보내고….

그렇게 5월이 되었어요. 그 친구의 생일이 다가왔죠.
십자수가 취미였던 전, 그 친구의 이니셜을 수놓은
열쇠고리를 만들어 선물했는데,

그리고 그로부터 한 달 뒤는 저의 생일.
그 친구는 저에게 무엇이 갖고 싶은지 물어봤어요.

Minsu123***
생일선물 뭐 받고 싶어?

음.. 글쎄

내가 너한테 만들어 준 거처럼
직접 만든 무언가.

Minsu123***
직접 만든 거..??

그 친구는 한참을 고민하는 것 같았어요.

저는 괜히 기대에 부풀어 선물을 기다렸어요.
하지만 제 생일에 그 친구는 찾아오지 않았죠.

실망한 저는 토라져서 그 친구에게 말도 걸지 않았고,
그로부터 일주일 뒤.

저기….

직접 만든 걸 주고 싶었는데,
내가 워낙 재주가 없어서. 생각보다 늦었어. 미안.

서툰 솜씨로 직접 만든 상자 안에는 하트 모양의
손거울과 목걸이, 99장의 메모 편지가 들어 있었어요.
친구들은 그 친구가 저를 좋아하는 거라며 난리가 났고,
전 내심 기뻤던 기억이 나네요.

그렇게 우리는 화해를 하고 다시 같이 웃고 떠드는
즐거운 시간들을 보냈어요.

동아리끼리 놀이공원도 가고, 천문대도 구경 하고,
동아리 캠핑에서는 수영을 못하는
그 친구를 놀리기도 하고….

그 친구는 집도 멀면서 꼭 우리 집 앞인
신도림역까지 와서 함께 학교 가는 버스에 타곤 했어요.

항상 깔끔한 비누 향기가 나는 그 친구 때문에
같이 버스를 타고 가는 내내 두근거렸던 기억도 나요.
저는 그때까지도 그 친구를 좋아하는 거라고
생각하지 않았던 것 같아요.
아니, 애써 인정하고 싶지 않았나 봐요.

심은경, 나 너 좋아해. 우리 사귀자.

그러다 다른 친구에게 예상치 못한
고백을 받게 되었어요.

어, 미안해… 나는, 나는….

그때 그 친구의 얼굴이 가장 먼저 떠오르는
저를 보고 깨달았죠. 그 친구를 내가 좋아하는구나.

처음으로 좋아하는 사람이 생긴 저는
어떻게 해야 할지 몰라 당황스러웠고,
고백하는 것이 두려워 그냥 친구로만 지냈어요.

야 김민수, 너 혹시 좋아하는 사람 있어?
있으면 내가 도와줄게.

가까운 듯 가깝지 않은 애타는 거리.

아님 내가 좋아하는 사람으로
심리 테스트해 줄까? 인터넷으로 배웠는데.

9월의 어느 날, 아침 등굣길.
저는 충동적으로 그 친구에게 이야기했습니다.

나, 좋아하는
사람 생겼어.

…그래? 그럼 이제
가까이 있으면 안 되겠네.

제 옆에서 나란히 앉아 있던 그 친구가
조금씩 멀어지는 걸 보며 괜한 말을 했다 후회했지요.

다음 날, 우린 매일 버스를 타고 등교를 했는데,
그날은 할 말이 있다며 걸어가자고 했어요.

오늘은 꼭… 말할 거야. 꼭 말할 거야.
아… 이러다 학교에 도착하겠다….

오늘은 꼭 고백을 하겠다 굳게 마음을 먹었지만,
차마 입 밖으로 나오지 않기를 몇 분….

저기, 내가 어제
좋아하는 사람 생겼다고 한 거 말이야….

어? 어….

그게 너야.

그때의 그 친구의 반응이 기억이 안 나요.
어떻게 학교까지 왔는지도 모르겠어요.
제 인생 처음이자 마지막 고백이었으니까….
그리고 며칠 뒤.

내가 더 먼저 좋아했어.

어?

내가 더 먼저 좋아했다고, 너를.

고1 방과 후 수업 때 우리 같이
영어 수업 들었었는데, 맨 앞에 앉아 열심히
선생님 질문에 대답하는 네가 보기가 좋았어.

동아리 차장이었던 내 친구랑 열심히 동아리
활동하는 모습도 좋아 보였고, 내가 내 친구한테
동아리 들어가고 싶다고 이야기한 거야.
너랑 가까이 지내고 싶어서.

그런데 내 성격이 내성적이어서…
좋아해도 뒤에서 지켜보고 있었는데, 사실 믿기지 않았어.
네가 나한테 고백한 게…. 실감이 안 나서
바로 대답도 못했나 봐. 어리바리해서 미안해.

몰라 나도 누군가와 처음 사귀는 거니까….
괜찮아. 그냥 사귀면 되지!!

그렇게 우리는 사귀게 되었습니다. 동아리 선배들,
친구들 다들 그렇게 될 줄 알았다며 축하해 주었어요.
어느덧 우리는 인생의 절반 가까이를 가장 좋은 친구이자,
연인이자, 지금은 배우자로 함께 살아가고 있네요.
우리가 원래 닮았던 건지 서로 닮아 가고 있는 건지는
알 수 없지만, 이건 알 수 있어요.
우리는 서로를 가장 잘 알아주고 이해해 줄 사람이라는 걸.

에피소드 끝

저는 남들보다 일찍 아빠와 헤어져야 했습니다.

돈을 벌어야 했기에 야간 고등학교에 진학을 했고
오전에는 알바를, 오후엔 학교에서 공부를 하는
학창 시절을 보내야 했죠.

그렇게 정신없던 고등학교 시절을 마치고,
저는 바로 직장 생활을 시작했습니다.
뭐가 그리 바빴는지 쉴 틈도 없이….

어느 날, 일하면서 듣던 라디오에서 흘러나오는
한 노래가 제 귀에 확 꽂히는 겁니다.

그 후로 그 노래의 테이프를 사서
테이프가 늘어질 정도로 그 노래를 돌려 들었습니다.

여잔지 남잔지 분간이 되지 않는 매력적인 목소리에,
헤비메탈 그룹이 생각나게 하는 파워풀함….
그 노래의 주인공은 바로 여성 로커 서X탁 님이었습니다.

제 삶의 한 줄기 빛 같았던 목소리⋯.
저는 그 목소리를 따라 인터넷 팬카페를 뒤지기 시작했고,

카페에 가입 후 난생처음 연예인 팬클럽
활동까지 시작하게 되었습니다.

시간이 나면 콘서트까지 찾아다닐 정도로
열심히 팬질을 하던 어느 날.

**저는 용기를 내어 팬클럽
정모에까지 나가게 되었습니다.**

직장… 다니고 있고, 우연히 라디오에서
서X탁님 노래 듣고 그 후로 팬이 되었습니다.
잘 부탁드립니다.

반갑습니다.

호빵맨같이 둥글둥글한 얼굴에 웃을 때 보이는
덧니가 너무 귀여운 한 사람.
태권도 사범이라고 자신을 소개한
한 남자분이 눈에 들어왔습니다.

힘들고 지친 직장 생활 속에서
팬클럽 정모는 활력이 되었고,

모임 때마다 대화는 많이 나누진 못했지만
자상하고 든든한 그 남자분에게 자꾸 눈길이 갔습니다.

떡 줄 사람은 생각도 없는데
혼자 김칫국을 마시기도 참 많이 마셨습니다.
그렇게 홀로 짝사랑을 하며 지내던 어느 날.

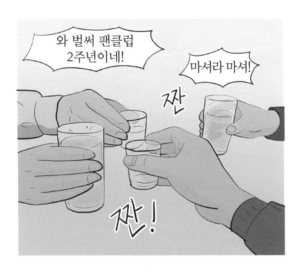

팬클럽 2주년을 맞아 회원끼리 조촐하게 술잔을 기울였고,
술김에 그 남자분에게 전화를 걸었습니다.

얼마 후 그분은 집에 데려다주겠다며
저를 찾아왔습니다.

그 남자분은 집에 가는 내내 저에게
잔소리를 했지만 왜 그렇게 그 잔소리를 듣는 게 좋던지….

오늘이 아니면 안 되겠다는 생각에
저는 마음에 있던 이야기를 해 버리고 말았습니다.

오빠, 저 오빠 좋아해요.
언제부터인지 모르겠지만….

나쁜 놈이 잡아가기 전에
오빠가 제 남자 친구 해 주세요.

한순간 망설이던 그 남자분은 제 고백을 받아 주었고,
그때나 지금이나 한결같은 모습으로 함께한 지
22년이 되었답니다.

1997년 IMF가 터지면서 엄마 쪽 가족이 있는
미국으로 이민을 가게 되었습니다.

그때 당시 저는 아홉 살, 여동생은 여섯 살.
이민을 오자마자 아빠와 엄마는 이혼을 했고
아빠는 다시 한국으로 떠났어요.

낯선 미국 땅. 엄마는 낮에는 학교를
저녁에는 식당에서 일을 해야 했기에 저와 동생은
외할아버지, 외할머니 손에 맡겨졌어요.

할머니, 엄마는?

응 이제 올 거야. 오늘은 좀 늦네.

영어를 한마디도 못하는 저는 학교에서 왕따를 당했고,

집에서는 전화로 싸우는 아빠, 엄마의 싸움에
휘말려야 했어요.

너네 엄마한테 똑똑히 전해.
그 돈은 못 준다고, 알았어?

저의 어린 시절의 기억은 슬픔 그 자체였어요.

제가 중학생이 되었을 때 아빠는 미국으로
다시 들어왔지만, 아빠 엄마가 다시
부부가 된 건 아니었고,

양육비와 누가 아이들과 지낼 거냐라는 문제로
부모님의 싸움은 계속되었어요.

나는 엄마랑 지낼 거라고!

그렇게 우울한 날들이 계속되던 어느 날,
고등학교를 마치고 근처 카페를 찾았어요.

그날도 양육비 문제로 아빠, 엄마와 번갈아 전화를 마치고
너무 힘들고 허탈한 마음에 그냥 울기 시작했어요.

왕따를 당할 때도, 친구가 없어 화장실에서 혼자
밥을 먹을 때도 세 보이고 싶어서 울지 않았던 저였는데,

사춘기가 온 건지 뭐였는지 그날은 정말
소리 내서 엉엉 울었던 것 같아요.
그때 머리가 새하얀, 어떤 중년의
동양 여자분이 저에게 다가왔어요.

영어로 제 옆 빈자리에 앉아도 되냐고 묻는 그 여자분에게
저는 신경질을 내며 당신 알아서 하라고 했어요.

속으로 '아니, 나 우는 거 안 보이나? 눈치도 없나?'
이런 생각으로 가득 차 있었죠.

저는 20대 때 미국인에게 시집을 왔어요.
영어도 몰랐고, 낯선 이 땅에서 의지할 사람은
남편밖에 없었는데 남편은 몇 년 뒤에
바람을 피우고 저를 내쫓았지요.

아무것도 없던 저는 노숙자 센터에서
살게 되었고, 그때 구걸하던 저를 보고 어떤
할머니께서 저에게 봉투 하나를 건네주었어요.
이 돈으로 맛있는 거 먹고 다시 일어섰으면
좋겠다고….

그리고 저보고 나중에 여유가 될 때,
이걸 다시 필요한 사람에게 돌려주라고 하셨지요.
지금 학생한테 이게 필요한 거 같네요.

이걸로 맛있는 거 다 사 먹고, 잊어버리고,
조금이라도 행복했으면 좋겠네요. 지내다 보면
분명 행복한 날이 올 거예요. 그리고 학생도
여유가 생길 때, 이걸 다시 꼭 필요한
사람에게 돌려주세요.

중년의 여성분은 그렇게 저에게 봉투를 주고는
바로 일어서서 가셨어요. 봉투에 들었던 돈은 300불.
당시 저에게 너무 큰돈이라 곧바로 그 여성분을 찾았지만,
이미 떠난 그분을 찾을 순 없었어요.

그분의 이름도 모르고
얼굴도 자세히 기억이 나지 않지만,
그냥 행복해서 펑펑 울었던 기억은 또렷해요.

시간이 흘러 저는 대학생이 되었고
학교를 다니며 저녁에는 식당에서 아르바이트를 했어요.

거기서 과테말라에서 온 친구와 만나게 되었어요.
그 친구는 영어가 서툴렀지만 둘 다 힘들게 일하던
이민자라는 공통점이 있어 우리는 금방 친해졌지요.

그러던 어느 날, 그 친구가 식당 기둥 뒤에서
서럽게 울고 있는 거예요.

에쉴리 왜 그래? 무슨 일 있어?

과테말라에 있는 아빠가 돌아가셨어. 흑흑…. 근데 나 못 가… 신분도 그렇고… 돈도 없어….

어떤 말로도 위로가 안 될 거라는 거 알아. 너무 힘들겠지만 지내다 보면 분명 행복한 날이 올 거야.

저는 행운의 부적처럼 매일같이 뒷주머니에
넣고 다니던 300불이 담긴 봉투를 친구에게 건넸어요.

작지만 힘이 되었으면 좋겠어.
그리고 너도 나중에 여유가 되면 다시 이걸
필요로 하는 사람에게 건네주길 바라.

돌아보니 저의 청소년기는 힘들었지만
좋은 사람들을 참 많이 만난 것 같아요.

지금은 아빠, 엄마와 잘 지내고 있어요.
두 분은 언제나 저에게 미안하다고 하지만,
저는 이해합니다. 그땐 모두가 힘들었을 테니까….

에피소드 끝

당신의, 그리고
우리들의 이야기.
함께해 주셔서
감사합니다.